KB113209

엄마, 밥 좀 천천히 드세요

엄마, 밥 좀 천천히 드세요

쉼 없이 살아온 엄마에게 쉰여덟 아들이 드리는 편지

황윤담 지음

컨셉진

엄마에게 이보다 더 큰 선물이 있을까?

한 편의 가족 드라마 같다. 엄마에게 보내는 편지 속에 가족의 희로애락이 다 들어있다. 읽다 보면 울컥하다가 빙그레 웃게 된다. 편지글 하나하나가 남의 집 이야기 같지 않고 내 얘기 같다. 나도 모르게 위로받고 용기를 얻는다. 비결이 뭘까. 저자는 엄마에게, 세상 사람에게 하고 싶은 얘기가 있다. 그 얘기가 사람들에게 위안과 힘이 됐으면 하는 간절한 마음이 있다. 그런 마음을 고스란히 전할 수 있는 글솜씨가 있다. 그 마음이 글에서 읽힌다. 작가의 진심이 독자에게 진정성으로 다가온다. 이 책은 이 세상 모든 엄마들에게 바치는 헌사獻辭다.

—강원국 『대통령의 글쓰기』 저자

책 제목을 읽는 순간 요양원에 계신 우리 엄마의 모습이 떠올랐다. 엄마는 다른 식구가 밥을 반 그릇도 먹기 전 이미

그릇을 다 비우고 식탁의 자리를 떠났다. 그런 엄마의 모습이 야속하고 불편하기도 했지만, 급하게 드시고도 소화불량한 번 걸리지 않는 엄마의 '위력'에 적잖이 안도하기도 했다. 지금은 요양원에서 음식을 잘게 자르고 죽처럼 묽게 타서 드시지만, 식사 속도만큼은 타의 추종을 불허한다.

이 책을 읽으며, 난 왜 이런 편지를 보내지 못했을까 자책했다. 나도 엄마에게 편지를 쓰고 그걸 읽어드렸다면 어땠을까? 엄마의 치매도 더디 오고 모자의 살가운 정을 더 많이 쌓았을 텐데 하는 아쉬움을 거둘 길이 없다. 그처럼 나도 먼 훗날 엄마의 이야기를 한 권의 책으로 써야겠다는 다짐으로 변명을 삼아본다. '세컨드 라이프'를 준비하고 있는 저자를 보며, 글쓰기가 두 번째 인생을 이끄는 길라잡이가 된 것에 축하를 보낸다. 글을 쓰는 삶과 그렇지 않은 삶의 차이는 주인과 노예의 차이와도 같다. 글쓰기를 통해 삶을 주도적으로 만들어 가게 된 저자와 함께 그의 고향 옥천에 가서 올갱이국과 매운탕을 먹으며 이야기를 나누고 싶다.

_백승권 글쓰기 강사, tvN 〈유 퀴즈 온 더 블럭〉
'문서의 신' 출연

여는 말

부끄럽습니다.

쑥스럽기도 하고요.

두렵기까지 합니다.

코로나19 바이러스가 기승을 부리던 2021년 봄, 엄마에게 100일 동안 매일 편지를 썼습니다.

처음엔 글쓰기 공부라고 생각했습니다. 글을 잘 쓰려면 매일 써야 한다고 생각했습니다. 날마다 원고지를 채우는 습관이 글쓰기 근육을 키울 수 있다고 믿었습니다. 일기를 쓰듯이 하루에 원고지 한 장을 채우기로 마음먹었습니다. 가능하다면 한 가지 주제로 이어가면 좋을 것 같았습니다.

엄마에게 미안하고 죄송스러운 일이 참 많았습니다. 뒤늦게 깨달은 것이 하나 있습니다. 내가 엄마를 몰라도 너무 모르고 살아왔다는 사실입니다. 환갑을 맞이했지만, 아들은 엄마에 대해서 아는 것이 빈약했습니다. 부끄럽고 창피했습니다. 엄마는 아들을 위해서 당신의 모든 것을 희생했습니다. 우리 엄마는 100일뿐이 아니라, 지금까지 그리고 앞으로도 모든 날 모든 순간을 아들을 위해 기도하며 살아갈 것입니다.

이번 기회에 엄마에게 솔직하게 털어놓았습니다. 바쁘다는 구실로 차마 입에 담지 못했던 이야기들을 꺼내기도 했습니다. 투정도 부려보았습니다. 동심으로 돌아가서 엄마와의 아름다운 추억을 되새겼지요. 반성과 후회의 언어를 반복했습니다. 여기에는 가족이 아닌 남에게는 도저히 말할 수 없는 이야기들도 있습니다. 100통의 편지가 마무리되면 한데 묶어서 엄마에게 속죄하는 마음을 대신해 전달할 예정이었습니다. 이렇게 책으로 출간해서 세상에 내놓으려니 쑥스럽고 두렵습니다. 엄마와 가족에 대한 이야기가 대부분이지만, 은퇴를 앞둔 직장인의 고뇌도 담겨있습니다. 30년 넘게 월급쟁이로 살다가 정년퇴직을 하는 아들은 고민이 많습니다. 걱정도 많은데요. 비슷한 처지의 독자들께 공감과 위로를 드리고 싶습니다.

이 책이 작은 디딤돌이 되길 희망합니다. 누군가에게 100일 동안 매일 편지를 써보십시오. 당신이 가장 사랑하는 사람이라면 더할 나위 없겠지요. 관계를 새롭게 하고 싶은 사람에게 단 10일간이라도 매일 편지를 써보십시오. 무언가 변화가 있을 것입니다. 틀림없이 좋은 일이 생길 것입니다. 글쓰기는 묘한 매력이 있습니다. 치유의 마약과도 같더군요. 저는 참으로 특별한 경험을 했습니다. 믿어지지 않는 분께 권해드리고 싶습니다. 지금 당장 한 통의 편지를 써보십시오.

"엄마 사랑해요."

이 짧은 한마디를 저는 환갑이 되어서야 고백했습니다. 그것도 편지로나마……
전에는 세상에서 가장 무뚝뚝한 아들이었습니다. 그러다

엄마, 밥 좀 천천히 드세요

글쓰기를 통해 조금씩 변하고 있는 나를 발견했습니다. 여러분에게도 제가 경험한 것처럼 기분 좋은 변화가 시작되길 바랍니다.

차례

1 / 다시 엄마를 부르며

2 / 아들의 현재와 엄마의 현재

3 / 별들의 그림자처럼 살고 있어요

4 / 부담 대신 희망을 주고 싶어요

다시 엄마를 부르며

1

엄마, 읽어보세요

엄마, 오랜만에 편지를 써요. 마지막으로 엄마에게 편지를 쓴 기억이 군대 시절로까지 거슬러 올라가네요. 35년이 넘었어요. 아버지가 저세상으로 떠나고, 장남의 역할을 어떻게 해야 할지 다짐하는 내용으로 글을 썼던가요. 엄마와 가까운 곳에서 함께 생활한 것도 아니면서, 그 긴 세월 동안 편지 한 통을 못 했어요. 그렇다고 전화를 자주 한 것도 아닌데요. 참 무심한 아들이지요.

너무 오랜만에 엄마에게 글을 쓰려니 어색하고 쑥스러워요. 우선 엄마의 이야기를 글로 써보고 싶다는 생각을 해왔어요. 두서너 해 전부터였을 거예요. 책을 읽고 글 쓰는 작업을 취미 삼아 시작했어요. 몇 년 전에 아들이 『쉰다섯 살의 청춘』이란 제목으로 한 권의 책을 냈던 거 알고 있죠? 다음엔 엄마의 이야기를 써야겠다고 다짐했어요. 어떻게 시작할지 막연했는데, 가장 쉬운 방법이 엄마에게 편지를 쓰는 것이라 생각했어요.

그래서 이제 엄마에게 매일 편지를 쓸 계획이에요. 어쩌면 옛날에 엄마에게 서운했던 일이 생각날지도 모르지요. 물론 아들이 엄마 속을 썩인 이야기가 더 많겠지만요. 손녀들의 이야기도 들려드릴까 합니다. 그 시작으로 오늘은 제가 고민하고 있는 것부터 말씀드릴게요.

회사에서 특별 명예퇴직을 실시한다면 기꺼이 지원할 생각이에요. 회사에서 추가로 어떤 지원을 해줄지 확실하지는 않지만, 제가 판단할 때 적당한 수준이라면 받아들이려 해요. 30년이 넘게 회사에서 일했어요. 몸도 마음도 지쳐있어요. 회사가 공기업이다 보니 공무원처럼 정년이 보장된다고 하지만, 그때까지 버티는 것은 내 욕심일 뿐이란 생각이 자주 들어요. 젊은 후배들에게 일자리를 비워주는 의미도 있겠다는 생각도 해봐요. 정년에서 3년 먼저 회사의 굴레에서 벗어나게 된다면, 은퇴 이후의 삶을 준비하는 과정이 더 빨라질 듯도 싶고요. 하루라도 더 빨리 낯선 길을 걷고 싶어요. 도시의 삶에 지쳐있나 봐요. 엄마와 함께 고향으로 돌아가고 싶어요.

작년 엄마 팔순 생신 때 제주도 여행지에서 말씀드린 것처럼, 저 혼자 시골로 내려갈 수도 있어요. 며느리는 아직 어린 손녀들과 함께 서울 생활을 해야 할 것 같아요. 팔순이 넘은 엄마가 언제까지 대파 농장 일을 나갈 수 있을까요. 엄마도 하루가 다르게 몸이 아프고 피곤하다고 말씀하신 적이 있지요. 엄마가 대파 농장에 나가는 일을 그만두려면, 제가 고향인 옥천으로 귀향해야만 가능할 것 같아요. 엄마가 혼자서 조치원 읍내에서 생활하다 보니 소일거리가 있어야 한다며 매일 일거리를 찾아 헤매고 있는 것 같아요. 하루라도 일을 하지 않으면, 잠이 잘 오지 않는다는 말씀을 듣고 제 맘이 아렸어요. 아들이 멀쩡히 서울에서 살면서 번듯한 회사에도 다니고 있는데, 엄마는 독거노인 생활을 하고 있으니…… 안타깝고 죄송스러울 뿐이에요.

제가 정년퇴직을 두서너 해 앞당긴다면 엄마의 생활도 지금과는 달라지지 않을까요? 그동안 노후를 위해서 저축해 놓은 자금을 대략 따져보니, 넉넉하지는 않을지 몰라도 시골에서 생활하는 데 큰 지장은 없을 것 같아요. 욕심을 조금 덜어내면 문제는 해결되리라 생각해요. 욕심을 덜어내기가 어렵지요. 요즘 밤잠을 설쳐대면서 머리를 싸매고 고민하는 것은 아마도 내 욕심이 여전히 남아있기 때문이겠죠.

　막내 손녀가 아직 대학을 졸업하지 못한 것이 걸림돌입니다. 그 녀석이 올해 휴학을 하고 혼자서 방을 구해 독립했어요. 스물둘이란 나이가 여전히 어려 보이기만 하는데요. 나름 똑똑한 척하면서 아침 일찍 일어나 알바를 나가며 제 용돈을 벌고 있어요. 아빠의 이른 퇴직도 응원해 주더라고요. 기특하죠. 아빠는 그동안 힘들게 일했으니까 이제 쉬어도 된대요. 그럴 자격이 있대요. 그 말을 듣던 날 밤에 이불 덮고 자려는데 갑자기 울컥해지면서 주르륵 눈물이 나더라고요. 아직 학생이지만 아빠의 명예퇴직을 아쉬워하지 않고 자랑스럽게 생각해 주는 녀석들이 바로 엄마의 손녀들이에요. 팔순이 넘은 나이에도 늘 일거리를 찾아다니는 할머니를 닮아서 손녀들도 자립심이 강해요. 다행입니다.

　엄마, 코로나 조심하시고요. 내일은 꼭 전화 드릴게요. 오늘 편지는 이만 줄일게요. (2021년 3월 10일)

안부 전화도 못 하고 반성문만

엄마, 오늘도 결국은 전화를 하지 못했네요.

핑곗거리는 있어요. 퇴근하고 거실에 들어서니 커다란 박스가 있더군요. 둘째가 책장을 주문했어요. 요즘 집 분위기를 정리하고 있어요. 대학을 졸업한 둘째가 집에서 생활하게 되면서 거실 창문 쪽 베란다에 커다란 테이블을 놓았어요. 창문 가까이에는 책장을 놓아서 책을 꽂아두었고 그렇게 바꾸고 나니까 거실 한쪽이 회사 사무실처럼 보이네요. 테이블에 앉아서 책을 읽거나 커피 한잔 마시기에는 좋은 것 같아요. 프레임과 원목 받침대가 분리된 상태로 배달이 왔어요. 조립하다 보니 저녁 먹을 여유도 없더라고요. 조립을 마치고 제자리에 설치까지 끝내니 밤 10시가 넘었어요.

엄마한테 전화를 하려니까 또 망설여지네요. 내일 새벽에 대파 농장 일을 나가려면 벌써 주무실 시간이잖아요. 가끔씩 시계도 보지 않고 전화를 했다가, 반복되는 통화 연결음만 듣고는 전화기를 내려놓았지요. 엄마는 그 시각에 주무시느라 전화벨 소리를 듣지 못했어요. 그리곤 다음 날 무슨 일이냐면서 아들에게 전화를 걸지요. 제가 그냥 안부 전화였다고 하면, 엄마는 이렇게 말씀하시죠.

"알았다. 일해야 하니까 얼릉 끊는다."

엄마는 늘 일이 우선이에요. 엄마의 유전자를 고스란히 물려받은 저도 항상 일이 먼저였어요. 큰손녀도 제 아빠를 닮아서 일에 대한 성실성은 최고랍니다.

엄마와 아들이 전화로나마 안부를 나누며 생활해야겠다고 마음먹고 있어요. 하지만 늘 생각만 하고 있을 뿐이에요.

회사에서는 일을 하느라 바쁘고, 집에 돌아오면 집안일을 하거나 취미 생활에 몰두하다가, 엄마에게 전화하는 일을 놓치게 돼요. 우선순위를 바꾸는 연습을 해야 할까 봐요. 가족의 안부를 챙기는 일을 최우선으로 해야겠어요. 이제 회사 일과 집안일은 천천히 하려고 합니다.

새벽 4시에 일어나서 일터로 나가는 엄마의 일정과 9시에 출근하는 아들의 일정이 살짝 어긋나 있어요. 퇴근하고 저녁 식사하는 시간이 가장 무난하지요. 오늘은 그 시간을 놓쳤어요. 죄송해요. 반성하고 있어요. 이렇게 반성문을 쓰다 보면 제 생활 패턴도 조금씩 변하겠지요. 내일은 꼭 전화 드릴게요. 편안하게 주무세요. (2021년 3월 12일)

엄마, 어머니, 다시 엄마

엄마!

이렇게 날마다 엄마를 부르니, 어린애가 된 기분이네요.
쉰여덟 살 먹은 아들이 부르는 호칭으로 어울리지 않는다
는 사람도 있겠지요. 하지만 엄마로 부르고 싶어요. 나이를
먹는다고 해서 나와 엄마의 관계가 변하는 것은 아니잖아
요. 아무리 나이를 먹어도 나는 엄마의 아들일 뿐이에요.

그런데 언제부터였을까요? 엄마를 '어머니'라고 부르기
시작했어요. 아마도 내가 결혼한 이후일 거예요. 며느리가
'어머니'라고 부르는 것을 나도 모르게 따라 했어요. 그땐

철이 없었어요. 결혼을 하면 어른 흉내를 내야 한다는 강박 관념도 있었고요.

맞아요. 며느리는 항상 '어머니'라고 불러요. '시어머니' 는 엄마와 다르다고 해요. 아들은 마땅히 집에서 엄마에게 배운 말로 엄마를 부르면 되는데, 왜 굳이 엄마를 어머니로 바꾸어 불렀을까요? 엄마, 아들이 신혼살림을 회사 사택에 차리겠다고 했을 때 기분이 어땠어요? 아들은 엄마의 허락 도 받지 않고 회사 생활을 하려면 어쩔 수 없다고 했죠. 아 들이 엄마에게 분가를 통보한 셈이네요. 철없는 아들의 처 사에도 엄마는 그저 고개만 끄덕이며 이렇게 말했던 것 같 아요.

"난, 농사 지으며 사는 게 좋아. 며느리랑 같이 살긴 싫어. 너희들이 좋으면 엄마도 좋은 거여. 신경 쓰지 마라. 엄마는 괜찮아."

혼자 사는 것이 좋다는 이 말을 엄마의 진심이라 생각했 어요. '우리 엄마는 신식이야.' 속으로는 그렇게 생각했죠.

내 머릿속이 이기적인 욕심으로 가득 차 있었기 때문에 다른 생각을 하지 못했어요. 시어머니와 며느리가 함께 살면서 서로의 마음을 교환하는 시간을 갖도록 했으면 어땠을까요. 가끔 그런 생각을 했어요. 내가 엄마의 맘을 헤아려 엄마의 입장에서 행동했어도 똑같은 결정을 했을까 하고요.

그때로부터 29년이란 세월이 흘렀어요. 이제는 엄마의 손녀가 결혼할 나이가 되었네요. 지금에 와서 그런 생각이 드는 것은 무슨 까닭일까요? 어머니라고 부를 때부터 저와 엄마의 거리가 조금씩 멀어진 느낌이 들었어요. 며느리와 시어머니는 영원히 가까워질 수 없는 사이라고 하잖아요. 아들도 마찬가지로 어머니라는 호칭을 사용하는 순간, 그런 관계로 변했나 봐요.

설날이나 추석에 아들 집에 온 엄마는 손님이었어요. 명절이면 아들이 엄마를 찾아가는 것이 우리의 전통일 터인데, 직장에 얽매인 아들이 서울로 이사를 가고 조상 차례를 아들 집에서 지내니, 어쩔 도리 없이 엄마가 역귀성을 했어요. 언젠가 한번은 설날 연휴가 시작될 때쯤 갑자기 엄마가 아들 집의 초인종을 눌렀어요. 시어머니가 오실 줄은 당연히 알고 있었지만, 정확한 날짜와 시간을 모르고 있던 며느리는 당황스러워했지요. 시어머니가 며느리와 아들의 눈치를 보는 세상이 되었어요. 내 집이 아니라 아들 집에서 설을 쇠는 일이 엄마는 불편했을 거예요. 차례를 지내고 두세 시간만 지나면 주섬주섬 옷을 입고 짐을 챙기셨지요. 거실에서도 소파에 앉지 않고 바닥에 앉아서 꾸벅꾸벅 졸았어요. 엄마는 텔레비전 연속극을 시간대별로 모두 보려고 채널을 돌리고 있는데, 손녀들이 예능 프로그램 보고 싶다고 칭얼댔어요.

엄마 생신을 축하하려고 온 가족이 모일 때면, 딸들은 모두 엄마라고 불렀어요. 큰아들과 며느리만 어머니라고 부르고 있었고요. 결혼하지 않은 둘째 아들도 엄마라고 했지요. 내가 어머니라 부르지 않고 다시 엄마라고 불러야겠다고 다짐한 계기가 있어요. 바로, 둘째 아들의 죽음이 엄마에게 준 충격이 얼마나 클까 가늠해 본 일이지요. 거리감이 느껴지는 큰아들과 달리 둘째는 말도 살갑게 했었죠. 둘째가 병원 생활을 오래 했지만, 엄마는 같이 사는 둘째에게 의지하는 것처럼 보였어요. 3년 전에 둘째가 갑자기 저 세상으로 떠난 이후로 엄마는 부쩍 주름살이 늘었어요. 그래서 나도 다시 엄마라고 불러야겠다고 결심했어요. 엄마와 더 가까워지고 싶었거든요.

엄마라고 부르니까 대화도 더 편해진 느낌이 들어요. 호칭이 바뀌면 관계도 변하게 되겠지요. 은퇴하고 고향으로 돌아가서 엄마와 함께 살겠다는 다짐도 했어요. 그동안 멀어졌던 거리를 가깝게 좁히고 싶어요. 늦은 감이 있지만, 엄마라고 다시 부를 수 있어서 다행이에요. (2021년 3월 20일)

폐지 줍는 할머니와 대파 단 묶는 노동자

매일 엄마에게 편지를 쓰다 보니, 내 일상에서 엄마의 삶을 돌이켜 보게 돼요. 집에서 읽는 책 속에서 엄마를 발견하고, 지하철이나 버스 안에서 만나는 노인에게서 엄마를 확인해 보려 노력합니다.

어제는 소준철 작가의 『가난의 문법』(푸른숲, 2020) 이란 책을 읽었어요. 서울 북아현동에 사는 한 노인의 하루를 취재한 책인데요. 재활용품 종이 박스나 폐지를 모아서 고물상에 팔아 생계를 유지하는 '윤영자'라는 가상의 인물이 어떻게 하루를 살아가는지 관찰해서 쓴 글이에요. 시간대별로 윤영자 할머니의 행동거지를 세밀하게 묘사하고 있어요. 눈으로 보이지 않는 이면의 사회적 통계를 인용해서 가난한 노인들의 삶을 고발하는 내용이지요. 읽는 내내 제 마음이 불편했어요. 울컥하기도 했고요.

그녀의 일상에서 엄마의 모습이 보였어요. 비록 윤영자 할머니처럼 도시에서 폐지나 재활용품을 모으는 일을 하지는 않지만, 엄마가 농장 일을 하며 하루치 일당을 받는 모습이 비슷해요. 대파를 일정한 품질로 한 단씩 묶어내는 수량에 따라 그날 하루의 일당이 정해진다고 했죠. 시장에서 판매되는 대파의 가격과는 무관하다고요. 무조건 한 단에 500원을 받는다고 했던가요? 100단을 묶어내야 겨우 5만 원을 버는 셈이네요.

엄마가 처음 그 일을 시작했을 때가 생각나요. 엄마의 손톱을 보고 얼마나 놀랐던지요. 대파의 진액 때문에 살갗이 문드러지고 손톱이 빠지기 직전인 상태였어요. 엄마는 한 단씩 쌓이는 대파 묶음이 돈으로 보였겠지요. 한 푼이라도 더 벌고 싶은 욕심에 당신 몸이 망가지는 아픔도 느끼지 못했을 테고요. 작업환경이 얼마나 열악했던 걸까요. 밭고랑

엄마, 밥 좀 천천히 드세요

이 진흙처럼 무른 땅은 장화 발이 푹푹 빠져서 움직이기조차 힘들었다고 했죠. 하루 일을 마치고 나면, 다리에 힘이 빠져서 저녁에는 쓰러져 일어나지 못할 것 같았고요. 추운 겨울이면 옷을 겹겹이 껴입고 일터로 나가는 엄마의 모습이 책 속 윤영자 할머니와 겹쳐 보였어요. 버스 창밖으로 보이는, 리어카를 밀고 힘겹게 언덕을 오르는, 거리에서 재활용품을 수집하는 할머니는 바로 다름 아닌 내 엄마였어요.

자식들이 남부럽지 않은 직장에 다니고 있지만, 엄마는 엄마의 일상에서 노동하고 돈을 버는 생활이 행복했던 걸까요. 설날 아침에 손녀들에게 세뱃돈을 내미는 엄마의 손이 흙빛을 띠고 있었어요. 까맣게 타버린 얼굴엔 주름살이 가득했고요. 그래도 엄마는 행복한 미소를 지으며 돈봉투를 나눠주었어요. 그 봉투 속의 돈이 엄마의 피와 땀인 줄 손녀들은 알고 있을까요. 새벽 4시에 일어나서 집을 나와 오후 5시에 집으로 돌아오는 하루를 엄마는 어떤 힘으로 버텨내는 걸까요. 아들이나 딸이 만날 때마다 제발 '일 욕심' 좀 내지 말라고 당부해도 소용없었어요. 그냥 가끔씩 시간을 때우는 소일거리로 다녀야 한다고 수십 번을 말씀드려도 엄마는 자식들 말을 듣지 않았지요.

"괜찮아. 일은 할 만해. 걱정하지 않아도 돼."

그리고 이어지는 "이번 달엔 겨우 50만 원도 못 채웠어. 사장이 요번에 가져온 파가 시원찮았어"라는 말에 적게 받은 일당을 아쉬워하는 엄마의 마음이 드러났어요. 자식의 입장에서는 엄마가 고생하는 모습이 안타까울 뿐이에요. 자식들이 주는 용돈으로도 충분히 생활할 수 있을 테지만, 엄마는 일을 해야 잠도 잘 온다고 늘 말씀하지요. 거친 노동에 지친 엄마가 코를 골며 방에서 쓰러져 잠을 자는 모습을 떠올리면 가슴이 무너지지만, 한편으론 그래도 건강하시니까 일도 다니는 것이라고 위안을 삼고 있어요.

엄마, 자주 찾아 뵙지 못해서 죄송해요. (2021년 3월 21일)

엄마는 괜찮아, 걱정 마라

　기차를 타고서라도 조치원에 다녀왔어야 했을까요. 자동차를 타고 다니는 습관이 무섭네요. 차가 없으면 기차나 버스로 이동하면 될 텐데, 그 핑계로 엄마에게 갈 생각도 하지 않았어요. 엄마는 15년이 넘게 설이나 추석이면 기차를 타고 조치원에서 서울로 올라오곤 했는데, 아들은 차가 없으니 움직이지 못한다며 주말에도 전화 한 통으로 인사를 대신하고 말았네요. 하루 이틀도 아니면서 왜 새삼스럽게 호들갑을 떠는 거냐고요?

　어제저녁 엄마의 목소리에 힘이 없었어요. 일요일에도 대파 농장에 다녀왔다고 했죠. 일은 한나절밖에 하지 않았다고요. 어디 아픈 곳은 없어요?

"아니, 괜찮다. 애들도 다 잘 있지?"

늘 괜찮다고 하는 엄마의 말을 어디까지 믿어야 할지 모르겠어요. 분명히 목소리는 전과 다르게 피곤하게 들렸어요. 힘이 부족해 간신히 대답하는 것 같았거든요. 언제나 한결같이 건강하게 생활하는 엄마잖아요. 그런데 어제 전화에서는 노동에 지친 노인의 목소리가 들렸어요. 전화를 끊고 나서도 엄마의 힘겨운 한숨 소리가 귓가에 잔향으로 한동안 남아있었어요. 불안했어요. 엄마의 건강에 이상이 있는 것 같아서. 늘 괜찮다는 말을 곧이곧대로 믿어버리는 아들이 야속하지는 않았나요. 엄마는 원체 당신의 감정이나 생각을 잘 표현하지 않는 분이지요. 아들이라면 마땅히 엄마의 눈빛만 보고도 알아차려야 하는데……. 제가 참 둔해요.

"차는 언제 나온다니?"

차가 없으면 기차라도 타고 오라는 그 한마디를 엄마는

엄마, 밥 좀 천천히 드세요

끝내 하지 않았죠. 지난 연말, 교통사고 때문에 차가 망가졌고 새 차를 주문했다는 것까지 알고 있으니까, 새 차가 나오면 아들이 조치원에 올 수 있을 거라고 엄마는 생각하셨겠지요.

엄마, 이번 주말에는 꼭 내려갈게요. 저녁이라도 함께 먹어요. 오랜만에 기차 여행을 해야겠어요. 창밖으로 개나리가 노랗게 피었을 테니 기분 좋게 엄마를 만나러 갈 수 있겠지요. 마스크 잘 쓰고 다니시고요. 아침저녁으로 기온 차가 심해요. 감기 조심하세요. (2021년 3월 22일)

돈 벌 욕심은 비우고, 게으름은 피우고

봄비가 추적추적 내리는 토요일 오후에 버스를 타고 영등포역으로 향했어요. 어미는 아파트 상가에서 떡을 사고, 저는 다이소에 들러서 샤워기 호스를 샀어요. 지난번 엄마 집 욕실 샤워기가 낡아서 물줄기가 시원하지 않았거든요. 샤워기 헤드 구멍이 이물질로 막혀서 새것으로 갈아야겠더라고요.

기차 안에서 어미와 함께 나란히 앉아 고향집 이야기를 했어요. 엄마와 함께 그 집에서 살아온 세월이 수십 년이 넘었잖아요. 비록 흙벽돌로 지은 집이고 슬레이트 지붕으로 지어서 허름하지만, 내 어린 시절의 추억이 곳곳에 남아있어서 남다른 집이지요. 애증의 사건들도 많이 겪었고요. 마을에서 엄마와 아버지가 동네 어른들에게 무시당하고 사는 모습을 자주 보았어요. 아들의 가슴속에 상처로 남아있지요. 친구들과 어울려 놀 때의 기억은 아름다운 추억이지만, 마을 사람들과 어울려 생활하는 삶 속에서 생긴 상처가 완전히 아물지 않았나 봐요. 팔다리나 피부에 생긴 흉터는 세월이 지나면 아물지만, 가슴속에 맺힌 마음의 흉터는 시간이 약이 되지 않는가 봐요. 50대 초반까지도 '난 절대로 고향으로는 돌아가지 않겠다'고 입버릇처럼 말했어요. 아직 응어리가 풀리지 않았던 거예요.

마음이 바뀐 계기가 있지요. 이렇게 글쓰기를 하면서 스스로 성찰하는 시간을 갖게 되었어요. 엄마가 팔순이 넘도록 건강하게 일을 하고 계신 덕분이기도 해요. 팔순을 넘어선 엄마의 삶을 계속 독거노인의 생활로 방치할 수는 없다는 생각이 들었고요. 저 역시 회사에서 일을 할 수 있는 시간이 많이 남아있지 않기도 해요. 여러 생각을 해봤는데, 아무래도 은퇴 후의 삶은 엄마와 함께 사는 삶으로 변해야 할 것 같아요. 고향집 근처에 농사를 지을 만큼 제법 큰 면적의

밭이 있다는 게 다행이더군요. 요즘에는 농촌에 나름의 내 땅이 있다는 사실이 큰 힘이 돼요. 공기 좋은 산골에서 채소를 가꾸며 고구마도 심고 들깨, 참깨, 옥수수, 콩을 키우는 일은 엄마가 전문가잖아요. 아들은 엄마가 힘들어하시는 일을 돕는 생활을 꿈꾸어 봐요. 틈틈이 책도 읽고 글도 쓰는 작업을 하면 더 좋겠지요.

기차 차창으로 펼쳐진 풍경이 참 예쁘게 보였어요. 온종일 비가 내려 개나리와 벚꽃의 색깔이 더욱 선명해진 느낌이에요. 엄마와 함께 저녁을 먹으며 또 고향집 이야기를 했어요. 다행히 엄마의 얼굴이 전보다 환해 보였어요. 아들이 서울로 올라오면서 옥천에서 조치원으로 이사를 한 엄마는 18년 가까운 세월 동안 통장에 돈을 많이 모았다고 자랑했어요. 대파 농장에 나가서 일하며 번 돈이 어느새 1천만 원이 넘는다고요. 엄마의 억척스러운 생활력과 그동안의 고생이 고스란히 통장에 쌓여있는 셈이지요.

엄마 집에서 자고 왔으면 더 좋았을 텐데요. 새벽부터 또 일을 나가는 엄마를 지켜보기가 민망하다는 핑계로 밤 기차를 탔어요. 아들은 그것도 피곤해서 아침에 늦잠을 잤네요. 엄마의 근면 성실함을 아들은 도저히 흉내 내지 못할 것 같아요. 노동으로 인해 몸에 밴 엄마의 근면을 아들은 그저 경외심으로 지켜볼 뿐입니다. 고향으로 내려가서 우리가 함께 산다면, 아들은 엄마의 근면을 배우기보다 제 게으름을 엄마에게 강요할 작정입니다. 이제 엄마는 천천히 쉬면서 여유를 즐기는 삶을 누려야 할 때니까요. 엄마는 밭일하는 기술을 아들에게 가르쳐 주고, 아들은 여행하고 즐기는 방법을 엄마에게 알려드릴게요. 엄마가 돈 벌 욕심은 버리고, 먹고 놀면서 편히 쉬는 마음으로 가슴을 가득 채우길 꿈꾸어 봅니다. (2021년 3월 28일)

일 중독자 엄마의 새끼손가락

엄마에게 매일 편지를 쓰기 시작한 지 오늘로 스무날째가 되었네요. 100일 동안 엄마를 부르며 투정도 부리고 반성도 하고 새로운 계획도 세우고자 했어요. 엄마 곁을 떠나 따로 살림을 차린 세월이 엄마와 함께 산 세월보다 많다는 사실을 최근에 깨달았어요. 엄마와 함께 산 시간보다 아내와 딸과 함께 밥을 먹은 시간이 많다는 사실을 알아차린 순간은 좀 슬펐어요. 엄마에게 할 이야기보다 아내와 딸에게 할 말이 더 많을지도 모른다는 현실이 믿어지지 않았어요.

틈이 날 때마다 오늘은 어떤 편지를 쓸까 고민합니다. 지하철이나 버스 안에서도 머릿속에서 글감을 떠올리고 문장을 썼다 지우고 있어요. 세끼 밥을 먹으면서도 엄마에게 할 말을 떠올려 보고요.

어제저녁에는 삼겹살을 구워 먹었어요. 지난 토요일에 엄마가 챙겨준 상추에 쌈을 싸 먹다가 문득 엄마의 새끼손가락이 떠올랐어요. 왼손 새끼손가락 끝마디가 잘린 사고였지요. 동네에서 남의 일을 도와주다가 장갑 낀 왼손이 기계에 빨려 들어갔고, 병원으로 갔으나 결국은 새끼손가락 한 마디를 절단해야 했다고요. 엄마는 그런 사고를 당하고도 자식들에게 일절 연락을 하지 않았어요. 큰아들에게도, 큰딸에게도, 막내딸에게도 한마디를 하지 않고 지내셨어요. 큰아들은 회사 일이 바쁘다며 자주 연락도 하지 않을 때였죠. 그냥 그렇게 아무 일도 없었던 것처럼 지내다가 사촌 형님에게서 엄마의 사고 소식을 들었어요.

넷째 숙부님의 환갑을 맞아 옥천 읍내의 작은 식당에서 식사를 했는데, 그때 엄마가 손가락에 붕대를 감고 있었다고요. 조카들이 무슨 일이 있었냐고 물어보아도 엄마는 아무 일도 아니라고 했다지요. 금쪽같이 키운 자식들 다 소용

없다면서 큰조카가 웃으면서 묻고 또 물어서 간신히 사건의 개요를 알게 되었다고요. 사촌 형의 전화를 받고서야 뒤늦게 아들은 엄마에게 전화했지요.

"엄마, 괜찮으세요? 병원 치료는 잘 받고 있어요?"
"괜찮다. 애들은 잘 있지?"

새끼손가락 한 마디가 잘려 나간 아픔을 겪으면서도 엄마는 손녀딸들의 건강을 걱정하고 있었어요. 아들은 속상한 마음에 엄마에게 짜증 섞인 말로 큰소리를 냈어요.

"제발요. 엄마, 무슨 일 생기면 아들딸에게 전화라도 해요. 엄마 혼자서 끙끙 앓지만 말고요. 아휴, 왜 그렇게 미련하게 살아요. 답답해 미치겠네. 정말."

아들은 엄마에게 전화를 자주 하지 않는다며 타박했지요. 아들이 엄마에게 안부 전화를 드리는 것이 이치에 맞는 일일 텐데요. 못난 아들은 엄마가 다친 상황에서도 자신의 무관심을 탓하기보다 엄마를 원망하기 바빴던 거예요.

"별거 아녀. 금방 아물어진대. 새끼손가락이라서 다행이다. 일하는 데 아무 지장 없어."

"어휴, 정말 못 말려요. 그렇게 다치고서도 일을 하고 싶어요?"

엄마는 아들의 타박에도 괜찮다는 말만 되풀이했지요. 일하는 데 지장이 없다는 것을 강조하기도 했고요. 엄마는 무엇 때문에 일에 집착하는 걸까요? 맞아요. 엄마는 분명 '일 중독자'예요. 출가한 자식들 형편이 어려운 것도 아닌데요. 국가에서 주는 노령연금과 아들딸이 주는 용돈으로도 당신 한 몸 간수하기엔 부족함이 없을 텐데요. 왜 엄마는 어제도 오늘도 새벽바람을 맞으며 대파 농장으로 나갈까요. 아들의 상식으로는 아무리 생각해 봐도 이해할 수 없어요. 엄마에게 노동의 의미는 무엇인지 알 수 없어요. 돈벌이할 수 있는 일은 곧 엄마 삶의 모든 것인지요. 텔레비전 소리가 방 안에 쾅쾅 울릴 만큼 커도, 엄마는 일에 지쳐서 잠이 들죠. 그리고 전화기 벨소리도 듣지 못하고요. 어쩌다 일거리가 없는 날에는 심심하다고 했죠. 텔레비전 보는 것도 일을 한 날이 아니면 무료하다 했어요.

회사 선배들은 노인들도 일거리가 있는 것이 한가한 것보다 더 건강에 좋다고 하더군요. 그 말을 믿고 아들은 엄마가 일하는 것을 말리지 않았어요. 그냥 적당히 쉬어 가면서 일하라고 부탁만 할 뿐이었지요. 아들이 너무 무심해서 엄마의 삶과 건강에 신경을 쓰지 않는 것인가 반성합니다. 나 편한 대로 생각하고 있는 것은 아닌지 의구심도 들어요. 하지만 엄마는 당신의 삶을 당당하게 살고 있는 것 같아요. 누구의 간섭도 받지 않고요. 아들이나 며느리와 함께 사는 것은 싫다고 하셨죠. 내 맘대로 혼자서 사는 것이 더 편하다고요. 지금까지는 엄마의 뜻을 존중해 왔어요. 하지만 이제는 조금씩 달라졌으면 좋겠어요. 엄마는 일하는 시간을 차츰 줄이고요, 아들은 도시 생활이 아닌 농촌 생활에 필요한 것이 무엇인지 배워야 할 것 같아요.

아들이 새롭게 맞이하는 정년퇴직 이후의 삶에는 당연히 엄마의 미래도 포함되어 있어요. 일과 노동을 통해서 얻은 돈이 주는 행복에서 벗어나, 한가로이 놀고 즐기는 데서 생겨나는 행복을 느끼는 연습을 해보자고요. 노는 것도 쉽지는 않을 거예요. 잘 노는 방법도 배워야 할 거예요. 매일을 일하며 보내는 대신, 동네 한 바퀴를 산책하면서 하늘도 한 번 쳐다보고 크게 한 번 웃으며 살아가는 거예요. 엄마에게는 충분히 그럴 자격이 있어요. 아들이 도와드릴게요. 아들을 한번 믿어보세요. (2021년 3월 29일)

외할아버지와 외할머니의 산소 벌초

엄마의 팔순 생신에는 동생들 부부와 함께 해외여행을 계획했었지요. 코로나19 때문에 해외여행은 못 갔지만, 가까운 제주도라도 다녀왔으니 다행이었어요. 무릎이 아파 오래 걸을 수 없는 엄마의 속도에 맞춰 여행 일정을 짰어요. 천천히 걷고 함께 사진 찍으며 시간을 보낼 때 엄마의 얼굴에 핀 웃음꽃을 보았어요. 세월에 찌든 주름살이 잔뜩 있었지만, 사위가 찍는 카메라를 향해서 손가락으로 하트를 만드는 엄마는 분명히 웃고 있었어요.

문득 그런 생각이 들었어요. 엄마도 아들딸과 함께하는 여행이 즐겁고 행복했을 텐데요. 80년 인생을 살아온 엄마에게는 이렇게 즐거운 기억보다 슬픈 일들이 더 많았던 것은 아닐까 하고요. 감정 표현에 서툰 큰아들은 엄마를 기쁘게 해주는 이벤트를 만드는 일에 서툴렀어요. 그런 아들 때문에 엄마는 슬픈 일들 앞에서 더 마음의 상처를 받았던 것은 아닌지요.

지금까지 엄마에게 가장 슬펐던 사건은 무엇이었을까요. 가장 최근의 일로는 남동생의 죽음이 있었네요. 엄마의 둘째 아들은 15년 동안 전국의 정신병원을 탐방하듯 입원과 퇴원을 반복했지요. 병원에서 처방해 준 약을 먹고 환청과 우울증이 완화되었다고 안심할 무렵에 녀석은 갑자기 세상을 떠났어요. 형인 나는 맑은 눈물 몇 방울 흘렸지만, 엄마의 눈에서 흐르는 것은 분명 피보다 더 진했어요. 엄마의 가슴이 얼마나 아프고 고통스러울지 감히 가늠조차 할 수 없었지요. 그러고 보니 엄마는 숱한 죽음을 경험했더군요. 어릴 적에 외할아버지, 외할머니와 함께 살았던 기억이 생생한데요. 두 분의 죽음 역시 엄마와 함께 지켜보았지요. 아들은 너무 어릴 때여서 철없이 행동했을 테고요.

제가 군대에 간 지 1년 반이 지났을 무렵 아버지가 세상을 떠났잖아요. 아들의 입장에서 엄마가 면회를 한 번도 오지 않았던 것이 서운했지만, 그만한 이유가 있었다는 것을 잘 알아요. 시한부 판정을 받은 남편이 있는 대학병원의 입원실 앞에서 까까머리를 하고 큰절하는 아들을 지켜보며 엄마는 어떤 감정이었을까요. 군복을 입은 장남이 남편의 주검 앞에서 무릎 꿇고 오열하는 모습을 바라볼 때의 마음은 또 어떠했을까요. 장남은 지금껏 58년을 살아오면서 내 입장만 고집했었어요. 우리 시대의 장남들이 보편적으로 갖고 있는 이기심을 버리지 못했지요. 후회스러워요. 반성하고 있어요.

장남으로서의 혜택을 누리면서도, 엄마의 입장을 꼼꼼하게 살펴보지 못했던 점이 가장 아쉬워요. 어릴 때는 외할머니, 외할아버지와 함께 살아왔으면서도 돌아가신 뒤로는 벌초도 제때 못 했었지요. 대신 선친부터 조부모, 증조부모, 고조부모까지 거슬러 올라가, 친가 쪽의 5대조 할아버지의 묘소를 관리하는 것에만 신경을 썼지요. 솔직히 말씀드리면 철부지 어릴 땐 혼란스럽기도 했어요. 외할아버지와 외할머니 산소를 내가 관리하는 것이 도리라는 생각을 해보지 않았던 건 아니에요. 하지만 아버지 산소가 있는 선산에만 다녀가고 말았어요. 그렇게 몇 년의 세월이 지나자, 엄마와 이모는 당신들의 아버지, 어머니 묘를 파내어 화장했어요. 이종사촌이 한두 번 벌초를 했었고, 저도 서너 번쯤 낫과 예초기 작업을 했던 적은 있었지만, 막상 산소가 없어지니까 서운하고 또 죄송하더라고요. 큰이모, 작은이모, 엄마는 속이 시원하다고 했지만요. 눈물을 흘리지도 않았어요. 아무래도 제가 보는 앞에서 슬픔을 드러내고 싶지 않았겠지요.

엄마, 못난 아들을 용서해 주세요. 처음엔 엄마의 슬픔을 거슬러서 가늠해 보고 싶었어요. 왜냐고요? 엄마의 삶을 소재로 에세이를 쓰고 싶었거든요. 언젠가 엄마의 자서전을 꼭 써드리겠다고 다짐했었지요. 이렇게 편지를 쓰는 과정은 그 전초전이라 생각해요. 엄마에게 던지고 싶은 질문들을 나열해 보려고 해요. 질문하는 법을 잘 몰라서 걱정되기도 하는데요. 누군가의 인생을 책으로 써내려면 맞춤형 질문을 해야 한다고 하더라고요. 그래서 엄마의 마음을 열게 하는 물음을 찾아보려고 노력 중이에요.

날마다 엄마를 부르며 편지를 쓰다 보면 조금씩 그 질문들이 생각날 거라 믿어요. 기대하세요. 엄마도 알다시피, 아들은 뭐든 한다고 하면 해내는 사람이에요. 아들이 출간한 첫 책을 돋보기안경으로 보고 또 보던 엄마의 얼굴이 참 아름다웠어요. 책 속에 등장하는 고향의 이야기, 그리고 우리 가족의 체면을 구기는 창피하고 부끄러운 이야기를 읽으면서 엄마는 가끔씩 한숨을 쉬기도 하고 웃기도 했어요. 더 늦기 전에 엄마 이야기만 담은 책 한 권을 쓰려고 합니다. 약속할게요. (2021년 3월 30일)

엄마 인생 최고의 순간

엄마, 어느새 4월이네요. 세월은 속일 수 없나 봐요. 온 동네에 봄꽃이 만발했어요. 진달래, 개나리, 목련이 서로 내가 더 예쁘다고 자랑하고 있어요. 살구꽃은 벌써 다 져버렸네요. 환하게 핀 꽃을 보면, 너희들에게 요즘이 최고의 순간이겠구나 싶어요. 벌과 나비만 꽃을 찾아 헤매는 것은 아니에요. 꽃이 아름답게 핀 곳에는 사람들도 카메라를 들고 모여들어요.

봄은 우리 곁에 바짝 와있어요. 은행나무, 느티나무도 연두색 잎을 빼꼼히 내밀고 있어요. 이제 겨우 잎을 내밀고 있는 나무들은 아직 최고의 순간이 다가오지 않은 거겠죠. 기온이 좀 더 올라서 더워지면 녹색 옷으로 치장할 테고요. 식물들도 각자의 때에 따라 최고의 순간을 맞이하고 있는 것을 보면 자연의 섭리에 새삼 놀라게 돼요.

2012년 가을이었을 거예요. 글쓰기 공부를 하려고 〈나를 위한 글쓰기〉 강좌에 참여했어요. 시인 선생님이 첫 번째로 내준 과제는 '내 인생 최고의 순간'을 주제로 산문 한 편을 쓰는 것이었어요. "사람은 누구나 나이에 상관없이 최고의 순간을 떠올릴 수 있다. 다른 사람이 아닌 나 자신에게 자랑할 만한 최고의 순간을 찾아보라"라고 했어요.

일주일 동안 고민해서 찾아낸 내 인생 최고의 순간은 바로 지금 회사의 입사 시험에 합격했던 순간이었어요. 유성에서 서울까지 택시를 타고 올라가서 간신히 면접을 보았던 이야기, 또 최종 합격 소식을 엄마에게 알렸을 때 전화기 너머의 엄마 목소리를 글로 썼어요. 수업을 듣던 당시엔 그 순간이 최고의 순간이라 생각했어요. 시간이 흐른 뒤에는 또 다른 상황이 떠오르기도 했지만요.

서론이 너무 길었네요. 엄마의 80년 인생에서 최고의 순간은 언제였을까요? 아들은 항상 엄마보다 먼저 자기만을 생각하는 버릇이 있어요. 오늘부터라도 엄마의 삶을 먼저 생각하는 태도를 가져야겠어요. 언제 어느 순간이 엄마의 삶에서 활짝 핀 벚꽃처럼 빛났었는지요. 오늘 틈이 날 때마다 내가 엄마의 입장에서 한번 생각해 보았어요.

안타깝게도 아들이 기억하는 엄마의 인생에는 봄이 없었던 것 같아요. 내가 태어나기 이전, 엄마의 처녀 시절까지 거슬러 올라가지는 못해서 아쉬웠지만, 오히려 다행스럽기도 했어요. 아들은 기억하지 못하지만, 엄마에게도 목련꽃처럼 환했던 순간이 분명 존재했을 수도 있으니까요. 아들 둘, 딸 둘을 키우면서 엄마와 아버지는 왜 그토록 싸웠을까요. 아버지는 술에 취해서 일을 못 하고 방에 눕는 일이 다반사였고, 엄마는 그 꼴을 보지 못해서 바가지를 긁는 상황의 반복이었죠. 그런 남편은, 아들이 군대 간 사이에 저세상으로 떠났고요. 큰아들 대학 공부를 뒷바라지해야 하는 역할은 또 엄마에게 넘어갔네요. 자식 부양의 책임을 다하기 위해서 엄마는 또 잎담배 농사, 양잠 농사를 짓느라 밤잠 설쳐가며 피땀을 흘렸지요. 대학 졸업장을 얻은 장남을 결혼까지 시켰더니, 덜렁 회사 사택으로 들어가 살림을 따로 차렸어요. 엄마는 또 시골에 남은 자식들 공부를 시키느라 고생했고요. 막내딸 결혼까지 잘 시켰지만, 둘째 아들은 취직했다가 사고를 당해서 정신병원에 입원했고, 엄마는 환갑을 넘어서 70대 후반까지 둘째 아들 병원 뒷바라지를 했으니……

자식들에게 짐이 되기 싫다며 혼자 사시는 엄마의 인생에 즐겁고 행복했던 순간은 도대체 언제였을까요?

엄마, 아들은 엄마가 즐겁게 웃는 모습을 본 기억이 별로 없네요. 그래서 미안하고 죄송할 뿐이에요. 분명히 엄마의 인생에도 꽃피는 봄은 있었을 텐데요. 곰곰이 생각해 두었다가 아들에게 말씀해 주세요. 언젠가 그 이야기가 꼭 듣고 싶습니다. (2021년 4월 1일)

엄마가 끓여준 고구마죽

　엄마, 비 오는 토요일입니다. 3주째 주말마다 비가 오네요. 봄비 치고는 제법 많이 와요. 우리 아파트 단지 안에 핀 벚꽃은 비를 흠뻑 맞아서 길바닥을 하얀 꽃방석으로 만들었어요. 꽃잎이 떨어진 벚나무 가지에는 연둣빛 잎이 어린아이의 손가락처럼 예쁘게 돋아났네요. 비가 그치면, 거실 창문으로 보이는 풍경도 녹색으로 바뀌겠지요. 하루가 다르게 나뭇가지의 색이 달라요. 계절의 변화에 적응하는 속도는 오히려 사람보다 식물이 더 빨라요. 사람은 눈앞에 보이는 나뭇잎을 보면서 겨우 계절을 깨닫는 존재일 뿐이란 생각이 들어요.

점심에는 아내에게 외식을 하자고 했어요. 오랜만에 식구들이 함께 산책도 할까 하고 마음먹고 있었지만, 비 때문에 모두 포기했어요. 외식은 못 하고, 집에서 애들 엄마가 만든 부추전으로 점심 허기를 채웠어요. 아들은 여전히 하루에 세 끼를 꼬박꼬박 챙겨 먹는 습관에서 벗어나지 못하고 있는데요. 맛집을 찾아다니며 음식을 즐기는 스타일은 아니에요.

오늘처럼 비가 오는 날이면 엄마가 끓여준 고구마죽이 생각나요. 아마도 겨울에서 봄으로 넘어가는 이맘때쯤이었을 거예요. 윗방 구석에 보관하던 고구마도 슬슬 바닥이 보이기 시작할 무렵이지 않았을까요. 김장 김치를 잘게 썰고, 방 안에서 기른 콩나물에 고구마를 길게 썰어 넣고 죽을 쑤었어요. 김치와 고구마의 맛이 절묘하게 어울려서 허기진 배를 채우기에 안성맞춤이었어요. 엄마는 아들이 맛있게 먹는 모습이 멋지고 예뻐 보였던 걸까요. 언젠가 결혼한 아들이 며느리와 함께 시골집에 들렀을 때, 아들이 맛있게 잘 먹는 음식을 해준다고 하시며 고구마죽을 만들어 주었지요. 아들은 어릴 때처럼 맛있게 먹지 않았던 것 같아요. 며느리도 숟가락을 끼적끼적 간신히 떠먹었나 봐요. 아들은 고구마죽을 먹으며 어린 시절 추억이라도 떠올렸겠지만, 며느리는 입맛에 별로였겠지요.

경험에 따라 입맛은 천차만별인가 봐요. 세월에 따라 조금씩 변하기도 하고요. 엄마의 손맛에 길들었던 아들의 입은 결혼과 더불어 아내의 음식에 길들기 시작했어요. 가끔씩 애들 엄마는 나에게 타박을 해요. 옆집 아줌마 누구는 남편이랑 강화도 무슨 맛집에 다녀왔다더라 하고요. 또 누구는 파주에 있는 분위기 좋은 카페에 다녀왔대요. 그런 사람들이 부럽긴 해요. 회사에서도 요즘 후배들은 구내식당 메뉴를 미리 검색해 보더라고요. 구내식당 메뉴가 마음에 들지 않으면 회사 근처에 있는 다른 식당으로 가요. 나는 점심 시간이 되면 그냥 아무런 생각 없이 구내식당으로 발길을 옮겨요. 한 끼 식사를 즐기는 사람이 있는 반면에 그저 끼니를 해결하는 게 목적인 사람도 있는가 봐요. 경제적인 여유와는 또 다른 여유가 있어야 하겠다는 생각이 들어요. 그저 빈속에 배만 채우면 그만인 삶이 아니니까요.

가끔은 엄마가 해준 고구마죽이 그리워지는 날도 있어요. 하지만 이제는 엄마와 함께 맛집을 찾아 여행하는 기회도 자주 만들어 보고 싶어요. 음식을 만드는 일도 쉬운 일은 아니잖아요. 아들이 요리를 배워서 엄마에게 맛있는 음식을 대접하면 더할 나위가 없겠지만요. 엄마도 잘 알다시피 아들의 솜씨는 형편없어요. 요즘엔 전국 방방곡곡에 위치한 유명한 맛집을 찾아 여행을 다니는 분들이 많아요. 우리도 그 대열에 동참해 보면 어떨까요. (2021년 4월 3일)

엄마, 밥 좀 천천히 드세요

엄마의 기억력

저녁에 텔레비전 드라마를 보다가 노인들 이야기가 나오면 엄마 생각이 나요. 어젯밤에도 발레를 배우는 할아버지가 등장하는 드라마를 보았는데요. 수족관에서 길을 헤매는 장면이 나오더라고요. 나이가 들면 누구든지 비슷한 상황을 겪게 될 수 있을 것 같아서 안타까웠어요. 한편으론 참 다행이라는 생각도 들었지요. 우리 엄마는 팔순이 넘은 나이에도 불구하고 기억력이 40대 막내딸보다 더 좋으니까요.

작년 가을에 엄마와 함께 제주도 여행을 했을 때였나요. 여행을 마치고 집으로 돌아오는 비행기를 타려고 공항에 모였는데, 엄마와 막내가 보이지 않아서 어디 갔냐고 물었더니 가족관계증명서를 발급받으러 갔다고 했지요. 엄마는 주민등록증을 막내에게 주었다고 했고, 막내는 엄마가 준 것은 탑승권이라고 우겼어요. 다른 식구들은 모두 엄마가 주민등록증을 잃어버린 것 같다고 했죠. 상황은 불과 5분도 채 지나지 않아서 반전되었어요. 면세점 쇼핑을 하던 막내가 지갑을 뒤지다가 엄마의 주민등록증을 발견했으니까요.

"그것 봐라. 엄마 아직 멀쩡하다. 너는 젊은 애가 정신을 어디에다가 두고 다니니."

엄마의 짜증스러운 타박에 우리 형제자매는 크게 웃고 말았어요. 신분증을 찾은 것도 다행이지만, 더 좋은 것은 엄마의 기억력이 40대 후반의 젊은 딸보다 낫다는 사실을 확인했기 때문이에요. 엄마는 정말 특별한 능력을 가졌어요.

아들이 서울로 올라간 지 18년이 흘렀잖아요. 세월이 흐른 만큼 대전에서 옥천 고향집으로 가는 도로도 많이 변했어요. 엄마와 함께 시골 도로를 가다 보면, 엄마는 자동차 내비게이션보다 더 정확하게 길을 알려주었어요. 설마 노인이 알려주는 도로 정보가 내비게이션보다 더 정확할까 의심이 들기도 하겠지만, 따지고 보면 내비게이션도 수시로 업데이트를 해야 하잖아요. 아들이 게으름을 피워서 업데이트를 하지 않으면 내비게이션도 엉뚱한 길로 안내하더라고요. 엄마는 조치원에서 대파 농장 사장이 운전하는 승합차로 충북 음성까지 다녀온 길도 자세하게 기억해서 아들에게 알려주었지요. 신호등이 있는 사거리를 만나면 엄마는 여기서 우회전하면 더 빨리 갈 수 있다고 알려주기도 했죠. 내비게이션을 무시하고 엄마의 말을 따라가면 결국엔 지름길을 발견하곤 했어요. 엄마가 안내하는 "우회전, 좌회전" 신호가 틀린 적은 한 번도 없었어요. 엄마는 한 번 갔던 길은 사진처럼 기억하는 것 같아요.

엄마의 놀라운 기억력이 부러워요. 나도 기억력이 나쁜 편은 아니지만 엄마에 비하면 새 발의 피일 뿐이에요. 팔순의 연세에도 건강하게 일하고 있는 엄마가 세상에서 제일 멋지고 아름다운 분이에요. (2021년 4월 7일)

엄마의 생일을 잊다

엄마에게 용서를 빌어야 할 일이 또 있었지요. 엄마도 생생하게 기억하고 있을 거예요. 제가 취직을 하고 충남 당진에 있는 작은 송신소로 발령을 받은 다음 해였어요. 당시는 3조 2교대 근무를 했는데, 이 근무 형태는 1년 365일 연휴가 없어요. 휴일이라고 해도 아침 9시에 퇴근을 하는 날이 있을 뿐이지요. 오전 9시에 출근한 날은 오후 6시에 퇴근을 하고, 그다음 날은 오후 6시에 출근해서 이튿날 오전 9시에 퇴근하는 교대 근무였어요. 일근하는 날 휴가를 내면 비로소 여유를 갖고 쉴 수 있을 때지요. 일근, 야근, 조근이 반복되는 일상이 지루하고 따분했어요. 그래서 한번은 엄마가 보고 싶어서 하루 휴가를 내고 옥천으로 가는 버스를 탔어요.

그러다 옥천 읍내 버스터미널에서 중학교 동창을 만났네요. 친구는 오랜만에 반갑다며 소주나 한잔하자고 내 손을 잡고 식당으로 이끌었어요. 중학교를 졸업한 지 10년도 더 지났으니 나도 반가웠지요. 읍내에서 작은 사업을 시작했다는 친구가 가까이 사는 다른 동창을 불러내서 술판이 커졌어요. 스물여덟 살 젊은 놈들이 소주를 물 마시듯이 마구 퍼마셨나 봐요. 술자리는 밤늦게까지 이어졌고, 술에 취한 저는 그만 필름이 끊기고 말았어요. 친구들과 어깨동무하고 비포장도로에서 고함을 지르듯이 노래를 불렀던 것 같기도 한데, 어떻게 집에 갔는지 도통 기억을 못 했어요. 엄마는 아들이 몸을 가누지 못할 만큼 취해서 비틀거리는 모습을 그날 처음 봤다고 했지요. 아들은 아버지처럼 술에 취해서 쓰러지지 않기를 바란다고 엄마는 자주 말했어요. 평상시에 엄마 말을 잘 듣고 따르는 아들의 일탈 행위가 낯설었을 거예요. 해가 중천에 뜰 무렵에 간신히 눈을 뜬 아들에게 엄마는 콩나물국을 끓여주었어요. 속은 메스꺼웠고 머리는 깨질 듯이 아팠지요.

엄마가 보고 싶어서 집에 갔는데, 아들은 못난 모습을 보이고 말았어요. 숙취에서 덜 깬 몸을 이끌고 아무 생각 없이 오후에 회사로 돌아갔어요. 그다음 날이 엄마 생일이었다는 사실을 나중에야 알았어요. 대전에 살던 여동생에게 전화를 받고서야 뒤늦게 알았죠. 엄마는 당신의 생일을 축하해 주려고 아들이 휴가를 내서 집에 온 줄 알고 있었죠. 그런데 아들은 친구들과 어울려 술독에 빠져 해롱거리기만 했으니……. 한심했을 거예요. 생일 선물은커녕 축하한다는 단한마디를 하지 않고 돌아갔으니, 얼마나 서운했을까요. 동생은 전화로 저를 타박하더라고요. 술 좀 적당히 마시라고요. 그렇게 제가 돌아가고 나서, 엄마는 서운한 마음을 달래려고 대전 시내로 나가 하루 종일 시장을 방황했다고요.

엄마 생일이 언제인지 기억해서 챙겨드리지도 못하는 아들이었어요. 뒤늦게 엄마에게 전화로 죄송한 마음을 전했지만요. 그때처럼 내가 밉고 싫었던 적이 없어요. 실수라 하기에는 너무나도 어처구니가 없지요. 제가 엄마였으면 아들 뺨때기라도 한 대 때려주었을 텐데요. 엄마는 혼자서 속을 삭이며 시장 골목을 쏘다니셨어요. 아들 잘 키워봐야 소용 없다고 생각했겠죠. 죄송해요. 용서해 주세요. 그다음 해, 제

엄마, 밥 좀 천천히 드세요

가 결혼을 한 뒤로는 엄마 생신을 잊고 그냥 지나가지는 않았던 것 같아요. 지난 세월을 돌이켜보니, 엄마 속을 썩인 사건들이 참 많았네요. 엄마에게 이렇게 편지를 쓰게 되니까 다시 용서를 빌 수 있어서 다행스러워요. 이 편지를 엄마에게 드리고 나면 비슷한 행동으로 엄마 가슴을 아프게 하지는 않겠지요. 약속할게요.

엄마, 더 건강하게 오래오래 사세요. 이제는 아들이 잘못하는 일이 있으면 바로 말씀해 주세요. 혼자서 삭이지 마시고요. 아들은 아무리 나이를 먹어도 엄마의 아들일 뿐이니까요. 엄마가 하고 싶은 일이 있으면 아들에게 뭐든지 요구하셔도 돼요. 아들 눈치 보지 마세요. 당당하게 혼낼 것은 혼내고 가르칠 것은 가르쳐 주세요. 앞으로는 엄마에게 미안하다는 말을 하지 않도록 조심할게요. 항상 엄마에게 감사해요. 앞으로는 엄마에게 자주 고맙다는 표현을 하려고 해요. 고맙습니다. 엄마. (2021년 4월 18일)

언제 한글을 익혔나요

궁금증 하나를 풀었어요. 엄마는 학교에 다니지 않았다고 했는데, 한글은 깨쳤지요. 받침이 있는 글자도 다 읽고 쓸 줄 알고요. 분명히 언젠가 어디선가 누군가에게 배웠을 텐데요. 나는 엄마가 야학을 다녔을 거라고 생각했어요. 어릴 적에 얼핏 들은 것 같기도 했고요. 어제 엄마에게 확인한 결과는 의외였어요. 함께 차를 타고 이동하면서 엄마는 두런두런 아들에게 옛날이야기를 해줬어요. 오랜만에 엄마가 해주는 옛날이야기를 들으면서 중간중간 아들이 궁금했던 것을 슬그머니 물어볼 수 있었지요.

"엄마는 학교도 다니지 않았는데 언제 한글을 배웠어요?"

"그냥 우연히 배웠어."

저는 그런 엄마의 학습 능력이 놀라울 뿐이네요.

"숫자도 다 읽을 수는 있어. 근데 이상하게 숫자 쓰는 것이 잘 안되더라."

언젠가 엄마가 공책에 쓴 숫자를 본 적이 있어요. '삼백육십오(365)'를 엄마는 공책에 이렇게 써놓으셨죠.

"300 60 5"

처음에는 이게 무슨 뜻인지 모르다가, 엄마가 써놓은 숫자의 의미를 나중에야 알았어요. 다른 사람들과 다르게 기록하는 방식이지만, 엄마의 숫자 개념은 정확해요. 18년 전에 아들이 대전의 아파트를 팔고 서울로 이사할 때, 아파트를 얼마에 팔았는지 기억하고 있어서, 아들과 딸, 사위, 며느리가 모두 놀랐어요. 기억력뿐만이 아니라, 엄마는 학교를 다닌 사람들보다도 암산 능력이 뛰어났다고 소문이 났죠.

엄마는 대파 농장에서 하루 일을 마치고는 그날 한 일의 분량을 수첩에 적어놓고 있어요. 언젠가 사장이 일당 계산을 잘못하자 엄마가 표시한 것을 보여주면서 다시 계산해 달라고 요구했다지요. 그 후로 사장은 엄마의 일당을 얼렁뚱땅 속이지 못하게 되었고요. 온종일 노동의 대가로 번 돈도 어느 은행 통장에는 얼마가 있고, 다른 은행에는 얼마가 정기적금으로 들어있는데 만기 일자가 언제라고 아들에게 수시로 알려주었어요. 엄마는 최신 컴퓨터보다 더 좋은 기억력과 계산 능력을 가졌어요.

토요일 하루를 엄마와 함께 보내면서 엄마의 추억을 더듬어 볼 수 있었어요. 기쁘고 즐거운 기억도 있었지만, 가슴 아프고 슬픈 가족의 역사까지 들추어내서 울컥했어요. 저는 외할아버지와 외할머니가 언제 돌아가셨는지 기억나지 않았어요. 엄마는 막내딸이 태어나고 그다음 해에 외할머니가 돌아가셨다고 알려주셨어요. 내가 초등학교 3학년 때였다고요. 외할아버지는 5년을 더 살다가 돌아가셨고요. 외할아버지가 돌아가신 날 아침의 집 풍경은 기억이 나요. 내가 중학교 2학년 때였던 것 같아요. 계산을 해보니, 정확하네요.

고향 마을에 남아있는 우리의 흙벽돌집을 짓는 과정도 말씀해 주셨어요. 고구마를 심는 밭 가운데로 도로가 났지만 단 한 푼도 보상받지 못했다고요. 군사정권 시절에 고추를 심어놓은 밭을 불도저로 밀어버리고 도로를 냈지만, 외할머니는 한마디도 못 했다고요. 아들은 엄마의 기억을 되살려서 기록해 보고 싶어요. 엄마의 역사를 한 권의 책으로 만들어 볼 계획이 있어요. 엄마가 자연스럽게 말씀을 할 때마다 메모해 두고 있어요. 아들이 못 하면 나중에 손녀라도 할 수 있지 않을까요.

아들에게 이런저런 이야기를 해주셔서 감사해요. 아들은 아직 궁금한 게 많아요. 엄마가 편안하게 말할 수 있는 시간을 자주 마련하도록 노력할게요. 엄마, 자주 연락드리고 찾아뵐게요. (2021년 4월 25일)

엄마에게 배우고 싶은 것들

어제 동네 서점 '살구나무책방'에서 사 온 책을 저녁에 다 읽었어요.

빈센트 스테니포스Vincent Staniforth가 지은 이 책의 제목은 『아버지에게 묻고 싶은 것들』(라의눈, 2017)이에요. 저자는 미국에서 신혼여행을 즐기던 중에 아버지가 위독하다는 소식을 듣고 급히 잉글랜드로 귀국했지만, 결국 이틀 만에 아버지가 돌아가셨어요. 아버지가 죽은 후에야 저자는 아버지에게 배우고 싶었던 것들이 많았다는 사실을 깨달았대요. 아버지에게 대답을 들을 수는 없었지만, 아버지에게 묻고 싶은 질문들을 정리해 이렇게 한 권의 책으로 엮었어요. 여기에는 130여 개의 질문들이 있어요. 책의 마지막 페이지가 198쪽이니까, 한 페이지에 한두 개의 질문이 있을 뿐이지요.

책이라고 하지만, 글씨보다 여백이 더 많아요. 편집자의 의도가 읽히는 부분이죠. 짧은 문장으로 된 질문이지만, 깊은 울림을 줘요. 책을 읽는 사람을 배려하고 있는 듯해요. 책을 읽는다는 것은 글만 읽는 것이 아니라고 하잖아요. 글을 읽고 자신만의 방식으로 곱씹어 생각하는 시간을 갖는 것이 독서의 참된 의미가 아닐까요. 그런 의미에서 이 책은 잘 편집된 책이지요. 하루 세 끼 먹는 밥도 급하게 먹으면 체하듯이, 이 책도 너무 급하게 읽으면 소화불량이 생길 것 같았어요. 천천히 생각을 되새김질하면서 읽으려고 애를 썼지만, 타고난 천성을 극복하지는 못했어요. '아버지에게 묻고 싶은 것들'이 궁금해서 자꾸만 책장을 넘겼지요.

한 가지 질문을 읽고 '나라면 어떤 대답을 할까?' 고민도 해보고, '내 아버지라면 어떻게 대답하셨을까?' 상상력도 발휘해 보았어요. 생각의 시간을 길게 갖고 싶은 욕망보다 다음 질문은 또 어떤 것일까 궁금한 마음이 앞섰나 봐요. 손가락으로 책장을 넘기는 속도를 저지하지 못했어요. 책의 차례를 보면 철학적인 질문들처럼 느껴질 수도 있지만, 어쩌면 이 물음들은 우리 곁의 일상에 대한 이야기일 수도 있어요.

엄마, 어제 살구나무책방에서 본 인상적이었던 장면이 무엇인지 아세요? 바로 '가족', '아버지', '엄마'라는 단어가 섞여있는 제목의 책들이 진열대를 장식하고 있었다는 점이에요. 아마 책방 주인도 최근에 '가족'이라는 주제에 대해서 깊이 사색했던 게 아닐까요. 이런 책들을 가장 잘 보이는 곳에 배열한 이유가 짐작돼요. 나도 엄마에게 묻고 싶은 질문들을 골라서 편지로 쓴 적이 있잖아요. 이 책을 읽으면서 다시 엄마에게 묻고 싶은 질문들이 생각났어요. "엄마가 아들에게 말하고 싶었지만, 못 하고 있는 것은 무엇일까?", "왜 망설이고 있었을까?", "아직도 엄마는 친손자를 안아보지 못해서 서운한 걸까?", "막내딸이 결혼하던 날 무슨 생각을 하셨을까?" 등등.

자연스럽게 물어볼 수 있는 질문을 찾기가 쉽지 않아요. 책에서 작가는 재미있는 질문뿐만 아니라, 제가 볼 때는 좀 엉뚱하다고 생각되는 질문도 했더라고요. 예를 들어 "인류가 달에 첫발을 내디뎠을 때 아버지는 어디에 계셨나요?"와 같은 질문이지요.

나는 엄마 얼굴에 웃음꽃이 피는 질문을 던지지 못했네요. 너무 심각한 분위기를 만들지는 않았는지 모르겠어요.

언젠가 엄마와 아들, 둘이서 여행을 떠나고 싶어요. 둘만의 여행을 다니면서 밀린 이야기를 나누고 싶거든요. 메모도 하고 녹음도 해서 엄마의 역사를 기록하려고요. 나에게 엄마의 역사는 소중하니까요. 방송에 나오는 유명인들을 인터뷰할 때도 미리 어떤 질문을 할 것인지 언질을 준대요. 그래야 대답할 준비를 할 수 있으니까요. 그러니 엄마에게 이렇게 편지로 알려주는 것도 다 이유가 있는 것이지요. 아들이 이런 생각을 하고 있다는 것만 알고 계세요. 부담 갖지 마시고요. (2021년 5월 30일)

아들의 현재와 엄마의 현재

2

나누며 살고 싶다는 약속

고등학교 동창 세 명을 만났어요. 친구와 함께 막걸리를 마신 지가 1년이 넘었나 봐요. 코로나19가 우리 일상을 많이 바꾸었어요. 5인 이상 모임 금지에 익숙해져서, 네 명은 모일 수 있다는 생각을 미처 못 했어요. 넷이 모이니, 한 테이블에서 술 한잔 나누며 이야기할 수 있어 좋았어요. 더구나 넷의 성향이 비슷하니 죽이 잘 맞았지요. 환경부 공무원인 친구는 주말마다 자전거를 탄답니다. 세종시 근처도 달리지만, 차에 자전거를 싣고 멀리 이동해서 자연경관을 즐긴다고 했어요. 그는 어디에 가면 어떤 풍경이 펼쳐지는지 맛깔나게 이야기했어요. 모두 시를 좋아하고 사진을 좋아하고 책을 사랑하는 친구들입니다. 예술을 사랑하는 친구들이 만

나니 공감하는 부분이 많았어요. 그 자리에서 한 친구가 이런 말을 했어요.

"너, 우리나라 절 52개를 선정해라. 주말마다 찾아갈 수 있도록 안내하는 달력을 만들어 보자."

용산전자랜드에 진공관 앰프를 제작해서 판매하는 친구였어요. 그는 사진 찍기를 좋아해서 늘 사진기를 갖고 다녀요. 다른 한 친구는 고등학교 선생님으로 일하다가 퇴직했는데요. 요즘엔 사회적 기업을 만드는 일을 하고 있답니다. 시집도 해마다 한 권씩 출간하는 친구지요. 이번에는 그가 제안을 하나 했어요.

"자기가 계획한 일을 이루고 나면, 그 성취에 대한 보상으로 기부하는 방법도 생각해 보자."

그는 페이스북에 매일 혼자서 턱걸이하는 동영상을 올려요. 100일 동안 하루도 빠짐없이 운동을 하면, 일정 금액을 사회단체에 기부한다고 하네요. 자신의 체력을 키우는 일을 하면서 남을 돕는 일에 동참하는 모습이 멋있어 보여요. 맞장구를 치지 않을 수 없더라고요.

"나도 기꺼이 참여할게."

엄마, 곰곰이 생각해 보면 나도 다른 사람들의 도움을 많이 받아왔어요. 장학금을 받은 적도 있었고요. 그렇지만 지금까지의 나는 나와 우리 가족을 위해서만 살아왔지요. 물론, 월급에서 얼마를 아름다운재단이나 종교 단체에 기부한 적은 있어요. 솔직히 말해 그 기부금은 연말정산에서 세금을 조금이라도 더 돌려받으려는 목적이었어요. 내 이기심이 컸기 때문에 이타적인 삶과는 거리가 있었어요. 그날 친구들과 막걸리를 마시는 자리에서 이런저런 깨달음을 얻었네요.

책을 그냥 읽는 것보다는 다른 사람에게 도움을 줄 수 있는 방법을 찾아보고 싶어요. 저는 해마다 1년에 100권 책 읽기를 3년째 이어오고 있는데요. 올해는 12월 31일까지 책 100권을 읽고 리뷰도 100개 작성할 계획인데요. 그 목표를 달성하면 100만 원을 기부하려고 합니다. 이렇게 약속하는 것만으로도 뿌듯해지네요.

　엄마, 내가 지금까지 건강하게 살고 있는 것도 누군가의 도움과 보살핌 덕분이지 않을까요. 나도 누군가에게 도움을 주면, 그도 다른 사람을 위해서 무언가를 하겠지요. 그래서 나의 성취감을 타인을 위한 기부 행위로 승화시키는 작업을 시작하려 합니다. 오랜만에 좋은 친구들을 만나서 마음이 따뜻해졌어요. 기부하는 마음을 배웠고, 또 실천도 약속했어요. 엄마에게 한 약속이니까 꼭 지킬 겁니다. 기대해 주세요. (2021년 3월 19일)

‥‥‥ 아들은 2021년 12월에 사회복지공동모금회에 100만 원을 기부하며 이 약속을 지켰습니다.

계란찜 만들기

아침에 일어나자마자 샤워를 해요. 밤새 눈곱이 많이 꼈고, 머리카락도 엉망진창으로 헝클어졌거든요. 샤워를 하면 기분이 상쾌해요. 개운한 마음으로 주방으로 갔어요. 이런, 전기밥솥에 남아있는 밥이 겨우 한 공기뿐이네요. 밥을 할까 말까 잠시 망설였어요. 손에 바른 화장품이 아직 완전히 마르지 않은 상태였거든요. '그래, 지금 밥을 하면 점심때 먹는 밥맛이 덜할 거야.' 어젯밤에 어미가 만들어 놓은 반찬으로 아침 끼니를 해결하기로 마음먹고 냉장고를 열었어요. 왠지 숟가락으로 떠먹을 뭔가 더 있으면 좋겠더라고요. 하지만 내가 주방에서 요리할 수 있는 게 뭐가 있겠어요.

엄마, 내가 학창 시절엔 자취를 하면서 여동생이 해주는 밥을 먹고 학교를 다녔잖아요. 부엌에서 겨우 라면 하나 끓여 먹는 것이 전부였어요. 엄마가 장남을 너무 소중하게 키워준 덕분인가 봐요. 그동안, 남자는 부엌에 들어오는 거 아니라는 가부장적 사고방식에 젖어서 살아왔어요. 엄마는 맏아들이 장가를 간다고 하자, 이제 색시가 해주는 밥을 먹게 되어 다행이라고 했어요. 당신이 아들의 밥을 챙겨주지 못하는 것을 아쉬워한 거지요. 내년이면 결혼한 지도 30년이 되네요. 참 고맙게도 어미가 출근하는 남편 아침밥은 꼬박꼬박 챙겨줬어요. 뭐, 당연한 거라 여기시겠지만, 요즘엔 어미가 고맙게 생각돼요.

세상이 많이 변했어요. 친구들과 만나서 술을 마실 때면 노후에 대해서 자주 이야기해요. 누군가는 꼭 하는 말이 있어요. 오십이 넘어서 아내에게 아침 밥상 차려달라고 하는 삼식이가 되지 말자고요. '삼식이'가 무슨 말인지 아세요? 하루에 세 끼를 모두 챙겨 먹는 남자를 비아냥거리는 말이래요. 예전엔 당연했던 삼시 세끼 챙겨 먹는 일이 요즘에는 호강에 겨운 일로 치부되지요. 그래서 나도 조금씩 생각을 바꾸었어요. 주방에서 어미와 함께 음식을 만드는 일에 참견하고, 밥상을 차리는 일을 함께해요. 어미는 찌개나 국을 끓이면서 과정을 설명해 줘요. 처음보다는 어색함이 많이 줄어들었어요. 아직 칼과 도마가 익숙하지는 않지만요.

어쨌든 오늘 아침엔 계란찜을 만들었어요. 사실은 열흘 전에 친구들과 막걸리를 먹다가 한 친구에게 조리법을 배웠어요. 친구는 남자들만 사는 집안에서 자라서 요리하는 것이 자연스럽대요. 자취를 하면서 묵은지 생선찜도 해 먹고, 미역국이나 김치찌개도 곧잘 한대요. 그러면서 계란찜 만드는 법을 설명해 줬어요. 제일 쉽고 간단하다면서요.

"먼저 뚝배기에 물을 3분의 1쯤 넣고 끓여. 날계란 두 개를 국그릇에 넣어서 노른자와 흰자가 골고루 섞이도록 저어. 그런 다음에 야채를 잘게 썰어. 당근, 양파, 파를 썰어 넣으면 색깔이 예쁘지. 간은 새우젓으로 해. 맛소금으로 간을 하는 것보다 감칠맛이 나더라고. 골고루 섞은 날계란과 야채를 팔팔 끓는 뚝배기 안에 넣고 뚜껑을 닫아. 딱 1분만 지켜보며 기다려. 그걸로 모든 게 끝."

엄마, 밥 좀 천천히 드세요

친구가 말하는 것이 너무 맛깔나서 나도 모르게 입맛을 다셨어요. 어디 적지 않아도 금방 외워지데요. 어미에게 이야기했더니 직접 한번 해보라고 해서 두어 번 만들어 봤어요. 처음엔 약간 탔고, 두 번째는 간도 적당해서 딸애들도 맛있다고 하면서 잘 먹었어요. 오늘 세 번째 만든 셈이지요. 그런데 이번에는 물이 조금 많았나 봐요. 1분이 채 되기 전에 끓어 넘치고 간도 싱거웠어요. 당근을 넣어서 그런가 했더니 어미는 아니래요. 물이 많아서 그런 거라고 하네요.

저 많이 변했죠? 이제야 엄마 아들이 철드는가 봅니다. 은퇴하고 고향으로 돌아가서 엄마와 함께 살게 된다면, 제가 계란찜 만들어 드릴게요. 엄마가 좋아하는 음식도 함께 만들어 봐요. 엄마, 이제 농사는 조금만 지어요. 일에 대한 욕심은 줄이세요. 아들이 요리를 배우듯이 엄마도 세상 살아가는 재미를 밭고랑이 아닌 다른 곳에서 찾아보세요. 아들이 도와드릴게요. 아들과 함께 대전 시내에 나가서 영화도 보며 살아요. 엄마는 연속극을 좋아하니까 영화도 재미있을 거예요. (2021년 3월 23일)

꾸준함과 미련함의 차이

월급쟁이가 휴가를 내지 않고 매일 한 시간 이상 글쓰기에 투자하는 일은 미련한 것일까요? 아니면 스스로 정한 약속을 지키려고 노력하는 꾸준함일까요? '꾸준함'과 '미련함'의 차이는 어떻게 무엇을 통해 알 수 있나요? 지금 내가 하고 있는 글쓰기를 100일까지 무사히 마친다면 이렇게 말할 거예요.

"꾸준하게 잘했다."

반면에 어느 순간 머뭇거리다가 글을 쓰지 못하는 상황이 발생했다면 또 이런 구실로 나를 위로하겠지요.

"몸살감기까지 앓으면서 글쓰기를 하는 것은 미련한 짓이야. 건강이 우선이지."

　결과에 따라, 과정을 평가하는 내 마음이 달라질 것 같아요. 백지 한 장 차이로 느껴지는 '미련함'과 '꾸준함'에서 나는 고집스럽게 후자를 강조해 왔어요. 어미는 매일 노트북을 펴고 글쓰기 하는 저를 보면서 '미련하다'고 해요. 누가 칭찬하는 것도 아닌 일이고, 돈이 생기는 일도 아닌데요. 그저 제가 좋아서 하고 있는 일이지만, 시작할 때의 마음을 마지막까지 이어가고 싶어요.

　엄마가 새벽 이른 시각부터 일을 하는 것에 비하면 아들의 취미 생활은 사치스럽지요. 그 사치스러움도 꾸준하게 하려니까 몸살을 앓게 되네요. 소설가들을 만나서 강의를 듣다 보면, 작가들도 글을 쓸 때 체력을 길러야 한다고 했어요. 소설을 쓰는 일도 고통스러운 노동이라고 하더라고요. 세상 사람들을 감동시키는 작품을 쓰는 작가는 아기를 출산하는 엄마가 겪는 아픔을 경험한대요. 뭐든지 쉽게 이루어지는 일은 세상에 없는가 봐요.

엄마, 지금은 미련스럽다는 말을 듣더라도 꾸준하게 해 보고 싶어요. 어릴 때부터 나는 친구들에게 '미련 곰탱이'라는 별명을 듣곤 했어요. 미련스럽게 한 가지 일을 지속적으로 한다는 것이 어리석지는 않다고 믿고 싶어요. 아직 익숙지 않고 서투른 것이겠지요. 4월의 초입에 연두색으로 삐죽이 내민 은행나무 잎들 사이로 모래알처럼 생긴 열매들이 보여요. 저 작고 연약한 알맹이들도 미련스럽게 봄과 여름 내내 햇볕을 받고 나면 단단한 은행으로 변하겠지요. 나도 4월의 새끼 은행처럼 견디고 버텨보려고 해요.

엄마의 부지런함과 꾸준함을 아들이 본받아서 이어갈 작정입니다. 엄마에게 물려받은 몸이니까 체력도 걱정은 덜 돼요. 새벽 4시에 알람을 듣고 일어나서 주섬주섬 일복으로 갈아입는 엄마의 모습을 떠올리면서, 아들도 한 글자씩 이어서 쓰다 보면 어떤 문장이든지 나오겠지요. 엄마의 일상은 곧 아들의 원기를 북돋아 주는 비타민 음료 같아요. 오늘도 건강하세요. 아들도 힘을 낼게요. (2021년 4월 6일)

일 욕심은 버리고, 놀 욕심은 부려봐요

엄마도 내가 욕심이 많다는 거 잘 알고 있죠. 어릴 때부터 동생들을 챙겨주는 형이자 오빠이기보다는 나 먼저 먹고 입는 데 신경 쓰는 아이였어요. 맏아들에게 엄마는 새 옷을 사주었고, 남동생은 형의 것을 물려받았어요. 형제자매 네 명 중에서 대학까지 졸업한 사람이 나 하나뿐인 것도 다 내 욕심 때문이란 생각이 들어요. 엄마는 맏이가 출세하고 성 공하면 동생들은 집안의 장남이 돌봐줄 거라 믿었겠지요. 그런데 욕심 많은 아들은 결혼하자마자 딴살림을 차렸어요. 동생들이 결혼할 때 금전적인 도움을 주었다고는 하지만, 그야말로 새 발의 피 정도였을 거예요.

공업고등학교를 졸업한 남동생이 공장에서 일하다가 동료와 싸움을 해서 사고를 쳤을 때 형사 합의를 해준 적이 있어요. 당연한 일이라 생각해야 하는데 두어 달 치 월급을 합의금으로 피해자에 주니 아깝더라고요. 동생을 위해서는 형인 내가 마땅히 해결해야 하고 감당해야 할 몫일 텐데도요. 그만큼 내가 욕심이 많아요.

올해 3월에도 욕심을 내서 소설 쓰기 강의도 듣고 에세이 쓰기에도 도전했어요. 소설을 쓰는 것과 에세이를 쓰는 일은 다른 점이 많은데, 동시에 두 가지 장르의 글쓰기를 하려니까 머리가 아프더라고요. 결과적으로는 내 능력과 한계를 정확하게 깨닫는 계기가 되었지요. 소설 쓰기를 가르치는 선생님이 요구하는 과제를 제대로 수행하지 못했거든요. 포기하고 나니까 마음은 오히려 홀가분해졌어요.

엄마, 욕심을 버리는 연습을 하려고 해요. 육체노동도 욕심이 과하면 몸을 다치잖아요. 책을 읽고 글을 쓰는 일도 노동이라는 생각이 들어요. 종이 한 장 가득 글을 쓰고 나면, 이마에서 열이 나요. 머리가 지끈지끈 아프기도 해요. 노트북 자판 위로 손가락만 바삐 움직이는 것 같아도, 한두 시간이 넘어서면 배까지 고파요. 허기가 지는 거죠. 머릿속에서 글감을 떠올리고 한 문장씩 골라내는 과정에 에너지가 많이 드나 봐요. 무슨 욕심인지 잘은 모르지만, 그것도 욕심 탓이 아닐까 싶어요. 조금이라도 편해지려면, 욕심을 버려야 하겠지요.

엄마도 일하는 욕심을 조금 덜어내세요. 이제 편히 쉬는 데 욕심을 내야 해요. 아들도 쉬엄쉬엄 걸으려고 해요. 엄마도 천천히 걸어요. 휴식 시간을 어떻게 보낼까 생각하면서 걸어요. 재미있게 여행하는 꿈을 꾸면서 걸어요. 아들과 함께 놀러 가고 싶은 곳은 어딘지 수첩에 적어놓아요. 그러면 아들이 그냥 보고만 있지는 않겠지요. (2021년 4월 10일)

시계 반대 방향으로 산책하면

엄마, 날씨가 많이 푸근해졌어요. 점심 식사를 마치고 발걸음을 사무실이 아닌 회사 앞 공원 산책길로 옮겼어요. 반소매 셔츠를 입은 젊은이도 보였어요. 대부분 사람들이 가벼운 옷차림으로 산책하고 있었어요. 산책길이 꽤 넓은 편인데도, 사람들의 어깨가 부딪칠 정도였네요. 신분증을 목에 건 회사원들 많이 눈에 보여요. 한 손에는 커피나 음료수 잔을 들고 동료들과 어울리고 있어요.

한 가지 놀라운 사실이 있어요. 요즘 코로나19 바이러스 때문에 사람들과 2미터 거리를 두라고 정부에서 당부하고 있지만, 여기 여의도 공원의 점심시간은 예외인가 봐요. 아니에요. 공원 곳곳에 코로나19 예방을 위해서 거리 두기를 실천해 달라는 플래카드가 걸려있거든요. 실내가 아닌 야외에서는 관계없다고 생각하는 걸까요? 어쩌면 장기간 마스크를 쓰고 생활하다 보니, 나름대로 각자의 방역 수칙 기준을 갖고 있는 것 같기도 해요. 확 트인 공원 산책길에서 모두가 마스크를 쓰고 있으니, '2미터 거리 두기'는 잠시 무시해도 된다고 여길지도 모르죠. 오늘도 전국에서 발생한 코로나19 환자 수가 549명이고, 그중 서울에서만 146명이라고 해요. 작년 이맘때는 이런 숫자가 나오면 뉴스에서 큰일이 난 것처럼 난리를 피웠던 걸로 기억하는데, 점점 익숙해지면서 이런 수치들도 더 이상 사람들에게 경각심을 주지 않는가 봐요. 코로나19 환자 수가 줄지 않고 있는 상황에서도 사람들이 여의도 공원 산책길을 빼곡하고 채우고 있는 것이 신기하고 놀라웠어요.

더 놀라운 게 있어요. 산책을 하는 사람들의 90% 이상이 모두 같은 방향으로 걷고 있다는 사실이에요. 사람들은 시계 반대 방향으로 공원을 산책하고 있었어요. 어제 그들과 반대로 걷다가 맞은편에서 걸어오는 사람들을 피하느라 곤

욕을 치렀어요. 얼핏 데모하는 군중이 몰려오는 것처럼 느껴질 정도였어요. 사람들과 부딪치지 않기 위해 애쓰면서 산책하는 것도 쉬운 일은 아니더라고요. 어제 점심시간에 힘들었던 기억이 나서, 오늘은 다른 사람들과 같은 방향으로 산책했어요. 와우, 사람들 뒷모습을 보면서 걷는 것이 훨씬 편하네요. 앞에서 걷는 사람의 속도를 파악해서 적당히 내 속도를 조절하면, 거리 두기도 가능하겠더라고요.

대다수 사람들과 다른 길을 걷는 것이 얼마나 힘들고 어려운지 깨닫게 되는 점심 산책이었어요. 왜 많은 사람들이 같은 방향으로 걷고 있는지를 알았어요. 예전에는 오늘처럼 산책하는 사람들의 방향이 일정하지 않았어요. 그들도 나와 비슷한 생각을 했겠죠. 코로나19 예방을 위해서 거리 두기를 하려면, 남들과 반대 방향으로 걷는 것보단 같은 방향으로 걷는 게 낫다는 사실을 알았겠죠.

사람들이 걷는 방향이 왜 시계 반대 방향인지는 아무리 오래 생각해 봐도 모르겠어요. 세상에는 재미있는 생각과 행동을 하는 사람들이 많아요. 엄마는 밭에서 일하는 것이 몸에 밴 분이죠. 엄마 삶에는 오직 노동이 있을 뿐, 한가하게 걷는 시간은 없었어요. 엄마, 이제 노동 시간은 좀 줄이세요. 그리고 그 대신 아무 생각 없이 걷는 운동을 해보세요. 일보다는 휴식을 더 중요하게 여기는 생활로 바꾸어요. 쉽게 바뀌지는 않겠지만, 천천히 노력해 봐요. 예전엔 잘살기 위해서 일을 해야 하는 세상이었다면, 이제는 건강을 위해서 운동을 하는 세상이 되었어요. 엄마도 건강하게 오래 사셔야 하니까요. (2021년 4월 20일)

받는 것에 익숙하니 주는 것을 잊어요

엄마, 잘 주무셨나요. 어제 어버이날에도 엄마는 조치원에서 기차를 타고 옥천까지 가셨지요. 지난주에 밭에 심어놓은 고구마가 걱정되었을 거예요. 하루쯤은 쉬어도 될 텐데요. 서울에서 회사 생활을 하는 아들은 5일 동안 회사에서 일하고, 이틀은 휴식을 취하는 생활을 32년째 하고 있어요. 그러니 쉬는 것에 익숙해요. 특히 어떤 의미 있는 날들은 더더구나 푹 쉬면서 재충전의 기회를 갖는 것이지요. 엄마도 아들처럼 휴일을 정해서 쉬는 습관을 지녔으면 좋겠어요.

어버이날을 기념해서 막내딸은 엄마와 점심으로 흑염소탕을 먹었다고요. 아들은 저녁에 한우 고깃집을 예약했고

엄마, 밥 좀 천천히 드세요

요. 어버이날만큼은 집에서 편안히 자식들이 오기를 기다리고 있다가, 딸이 운전하는 차를 타고 나가서 외식하고, 또 저녁엔 아들과 며느리에게 식사를 대접받는 여유를 즐겨도 좋을 텐데요. 엄마는 당신을 위한 어버이날에도 고구마밭으로 나가셨어요. 요즘 가뭄이 들어서 고구마 줄기가 시들시들해졌다고 걱정을 많이 했지요. 서울엔 지난주에 비가 제법 많이 내렸는데, 엄마가 고구마를 심어놓은 밭엔 구름이 비켜 갔나 봐요. 하늘이 야속해요. 서울 하늘에는 비바람이 몰아치는 날, 우리 고구마밭에도 비를 내려주었으면 얼마나 좋았을까요. 엄마는 고구마가 밭고랑에 뿌리를 제대로 내리기를 간절하게 염원했을 거예요. 밭에 심어놓은 고구마가 엄마에게는 마치 자식과도 같을 테지요. 그러니까 엄마는 아들딸들과 어버이날 외식하는 것보다도 고구마 줄기가 땅 냄새를 맡아 알차게 뿌리내리는 일이 더욱 중요한 셈이에요. 그래요. 우리 엄마는 천생 농사꾼이지요. 그 누구도 못 말리는 농부, 바로 그 농부 말이에요.

엄마와 헤어진 뒤 서울로 올라오는 길은 다행히도 교통 체증이 심하지 않았어요. 생각해 보니 어제 하루 동안 운전대를 잡은 시간만 6시간이 넘었네요. 집 안에 들어서니 피로가 몰려왔어요. 시원한 맥주라도 한잔하고 싶어졌어요. 마침 딸내미 셋이 조촐한 파티를 준비했다고 하네요. 어버이날 감사 케이크를 준비했으니까 같이 먹자고요. 밤 11시 반에 케이크에 촛불 두 개를 켜고 딸내미 셋이 카메라를 들었어요.

"엄마 아빠, 얼른 포즈 취해봐요. 사진 찍게요."

요즘 아이들은 밥 먹기 전에도 무조건 휴대전화로 사진을 찍는 버릇이 있어요. 늦은 밤에 케이크를 먹는데 참 달달했어요. 큰 딸내미가 캔 맥주까지 사놓았다고 냉장고를 열더라고요. 시원한 맥주 한 잔이 간절했던 아빠의 마음을 눈치챈 모양이에요. 오랜 운전으로 쌓인 하루의 피로가 녹아내리는 기분이었어요. 엄마의 손녀들도 착하게 잘 자란 것 같아요. 모두 제 역할을 하면서 성실하게 생활하고 있어요. 엄마가 저를 사랑해 준 만큼 저도 자식들에게 정을 베풀어야 할 텐데요.

엄마, 밥 좀 천천히 드세요

엄마를 뵐 때마다 느끼는 것이 있어요. 아들은 아직 엄마의 맘을 헤아리지 못하는 부분이 많다는 생각이 들어요. 큰 혜택을 누려온 장남은 태생적으로 이기심이 많아요. 사랑을 받는 것에만 익숙하고, 정을 베푸는 데 부족해요. 엄마를 보며 반성하고 딸들에게 구박받으며, 후회하는 마음과 함께 조금씩 변하고는 있어요.

어제도 엄마는 오랜만에 본 며느리에게 친정엄마는 건강하시냐고 안부를 물었지요. 마침 어제는 장모님의 생신이었어요. 어버이날 생신까지 맞이한 장모님에게는 코로나19를 핑계로 찾아가지 못했어요. 엄마는 혼자 살고 계시니까 꼭 찾아뵈어야 한다고 생각하면서도, 장모님은 아들이 넷, 딸이 셋이나 되니까 막냇사위는 다음에 인사드려도 괜찮다고 생각했던 거예요. 지극히 이기적인 사고방식이지요. 물론, 내 주변의 모든 이에게 동시에 같은 방식으로 정성을 표현하기는 불가능하지만요. 저는 늘 엄마가 우선이었어요. 장모님은 셋째 아들과 함께 살고 있으니, 막냇사위가 신경을 덜 써도 괜찮다고 생각했어요. 장모님에게는 죄송하죠. 어미에게도 미안한 마음이 들어요. 돌아오는 주말에는 늦었지만 홍성에 다녀와야겠어요.

아마도 어제 장모님은 막냇사위가 언제 오냐고 물었을지도 몰라요. 장모님은 저희 내외가 간다고 미리 연락하면, 목이 기린 목보다 더 길어진대요. 올해 아흔여덟 살이 되신 분이에요. 건강하게 오래 사시길 바라요. 엄마의 며느리도 홍성 친정집에 가면 귀여운 막내딸로 돌아가는데요. 어미가 딸 역할도 제대로 할 수 있도록 도와주고 싶어요. 내년엔 마스크를 벗고 가족이 모두 한자리에 모일 수 있었으면 좋겠습니다. 오늘도 서울은 바람이 많이 부네요. 엄마도 감기 조심하세요. (2021년 5월 9일)

주말엔 영화를

어제 오후부터 비가 내려요. 여름을 재촉하는 비인지 봄을 아쉬워하는 비인지 알 수 없네요. 주말 내내 비가 올 거라는 기상청 날씨 예보가 틀렸으면 좋겠다는 생각도 들었어요. 아파트 1층에 살다 보니 비가 조금만 많이 내리면 집 안에 습기가 가득해요. 거실 바닥도 눅눅해지고요. 비가 내리는 아파트 단지 분위기도 가라앉은 느낌이에요. 어제는 온종일 거실에서만 생활했어요. 라디오를 들으며 글쓰기 공부를 하다가 책도 읽다가 텔레비전도 보고요. 점심 식사도 컵라면으로 때웠어요.

엄마, 어제는 우리 막내딸의 생일이었어요. 대학을 휴학

하고 혼자서 독립한다며 망원동 근처에서 자취하고 있는 녀석이 밤늦게야 집으로 온다고 했어요. 애들 엄마는 막내를 위해서 조촐하게라도 생일 파티를 해주자며, 미역국 끓일 때 넣을 소고기와 케이크를 산다며 밖으로 나갔어요. 밤 10시가 넘어서야 주인공이 거실에 나타났어요. 저녁을 함께 먹지는 못했지만, 밤늦게 케이크에 촛불을 켜고 축하 노래를 불러주었지요. 낮에는 천안에서 대학 친구들을 만나 재미있게 놀았고, 초저녁에 서울로 돌아와 집 근처에서 중학교 시절부터 자주 만나는 친구들과 어울렸대요. 집 안에 들어오자마자 친구에게 생일 선물을 받았다면서 자랑을 하네요. 구김살이 없어요. 오전에는 영어 학원에서 토익 공부를 하고 오후에는 아르바이트하느라 매일 바쁘다네요. 시간이 엄청 빨리 지나가는 것 같다고 말하는 걸 보면, 열심히 생활하고 있는 것이 분명해요. 기특하죠. 케이크 위 초의 개수를 세면서 언니들이 막내를 놀리더라고요. 아직 어리다고요.

지난번에 엄마에게 다음 주 주말에는 홍성 처가에 다녀와야겠다고 했었지요. 달력에 표시를 해놓았지만, 깊이 생각하지 않고 혼자서만 계획을 세웠나 봐요. 처가댁 가족의 일정을 확인하지 않았던 것이지요. 결국 장모님께 가는 날짜는 미루어졌어요. 어미 마음이 허전할 것 같아서, 대신 영화라도 보러 가자고 했죠. 일요일 아침에 영화관에 앉아있는 사람은 우리 부부와 다른 커플뿐이었어요. 비 오는 휴일에 보는 영화는 제목도 마침 〈비와 당신의 이야기〉였는데, 날씨와 참 잘 어울렸어요. 남자 배우가 예전에 텔레비전 드라마 〈동백꽃 필 무렵〉에서 황용식 순경으로 나왔던 강하늘이에요. 엄마는 아마도 배우 이름보다는 드라마에서 나왔던 이름으로 기억할 테지요. 드라마에서는 충청도 사투리를 구수하게 참 잘했었잖아요. 그런데 배우의 실제 고향은 부산이래요. 오늘 본 영화에는 서울과 부산이 배경으로 나와요. 서울의 가죽 공방과 부산의 헌책방이 등장해요. 남자 주인공과 여자 주인공이 만나서 연애하는 멜로 영화는 아니에요. 그냥 잔잔하게 두 주인공이 엮어가는 편지와 기다림에 대한 이야기랍니다. 애틋하기도 하고 따스하기도 했어요. 안타깝기도 했고요. 매년 12월 31일 비가 오기를 기다리는 순수한 남자의 이야기였거든요.

엄마는 비 오는 일요일을 어떻게 보내셨나요? 한동안 고구마밭에 가뭄이 들어서 걱정했었는데요. 이번 비로 해갈이 되었을까요. 고구마가 비를 흠씬 맞고 잘 컸으면 좋겠어요. 엄마의 걱정을 조금이라도 덜어주려면 고구마가 잘 성장하도록 비도 제때 내려야 하고, 기온도 적당해야 하고, 멧돼지도 나타나지 말아야 할 텐데요. 아들은 언제나 마음뿐이네요. 엄마의 일손을 거들어 줄 수 있는 방법이 많지 않아서 안타까워요. 조금만 참아주세요. 아들이 곧 엄마 곁으로 갈 테니까요. (2021년 5월 16일)

엄마, 밥 좀 천천히 드세요

도서관 이용자가 지켜야 할 예의

엄마, 비가 많이 왔어요. 5월 중순에 지금처럼 2박 3일간 줄기차게 비가 내린 적이 있었을까요. 장마가 온 줄 착각할 정도였어요. 비가 그치고 나니 나뭇잎 색깔이 더 진해졌어요. 연둣빛은 줄어들고 검녹색의 잎들이 빗물에 씻겨 깨끗해진 느낌이네요. 식물들에게는 촉촉한 단비였을지 모르지만, 엄마가 일하는 대파 농장의 사정은 어떨지 걱정이 되었어요. 밭고랑에서 대파를 뽑고 다듬어서 묶는 작업이 더 힘들어지지 않았을까요. 질퍽해진 밭고랑은 그냥 걷기도 어려울 텐데, 대파를 한 다발씩 들고 이동해야 하잖아요. 진흙 속에 발이 푹푹 빠지는 게 무릎이 아픈 엄마에겐 고역이었겠지요.

거실 베란다 창문으로 보이는 아파트 단지 안 느티나무를 바라보며 비가 그친 뒤의 감상에 빠졌다가 서론이 길어졌네요. 엄마가 일하는 장소와 아들이 일하는 곳은 달라도 많이 달라요. 회사 안에 도서관도 있고요. 구내식당도 두 곳이나 돼요. 점심시간에 선택할 메뉴가 그만큼 많겠지요. 아들은 도서관을 자주 이용해요. 도서관에서 빌린 책을 읽다 보면, 짜증 나는 순간이 있어요. 도서관의 책은 개인 소유가 아니고 다수의 사람들이 사용하는 공공 자산이잖아요. 신간 코너의 책이 분명한데도 중간중간에 밑줄이나 낙서가 있어요. 열심히 책을 읽는 마음은 존중해 주고 싶지만, 내 소유가 아닌 책에 낙서하는 사람의 심보는 당최 이해할 수 없어요. 밑줄을 긋고 낙서를 하면서 읽을 책이라면, 서점에서 직접 사서 읽어야 마땅하지 않을까요.

아들은 그렇게 해요. 서점에서 산 책을 읽으면서 형광펜으로 밑줄을 긋기도 하고, 메모를 할 때도 있어요. 하지만 도서관에서 대출한 책에는 절대로 낙서하지 않아요. 연필로라도 밑줄 치는 일은 없어요. 하물며 손때도 묻지 않게 하려고 애를 써요. 내가 읽고 난 책을 다른 사람이 또 읽어야 하니까요. 이왕이면 다음에 읽은 사람도 새 책을 읽는 기분으로 책장을 넘기길 바라면서 조심스럽게 다뤄요. 책 모서리를 접어서 읽다 만 곳을 표시하는 행동도 하지 않아요. 대신 중간에 책갈피를 꽂아두지요. 책갈피로 사용할 종이는 내 주변에서 얼마든지 찾을 수 있어요. 두루마리 휴지 한 조각을 이용할 수도 있고요. 책상 위에 여기저기 나뒹구는 작은 문서 클립도 책갈피로는 훌륭하지요. 프린터 옆에 버려진 이면지를 조금 찢은 뒤 예쁘게 접어서 책장 사이에 넣어도 괜찮아요. 이것도 도서관을 이용하는 사람이 지켜야 할 예의라고 생각해요. 남에게 큰 선물을 주지는 못하지만, 작은 배려를 통해 함께 책을 읽는 사람에게도 최소한의 예의를 지켜야 하지 않을까요.

내가 감동받은 문장에 밑줄을 쳐놓으면 다른 생각을 하는 사람이 그 문장을 읽을 때는 선입관을 갖게 될 수 있어요. 마치 학창 시절에 선생님이 중요하다며 밑줄 치라고 강조한 문장처럼 보이거든요. 도서관에서 빌린 책에 의외로 연필 자국이 많아요. 언제부터인지 정확한 날짜는 알 수 없지만, 대출한 새 책의 내지 안쪽에 커다란 도장이 파랗게 찍혀있더라고요.

"밑줄을 치거나 낙서를 하지 말아주세요."

괜히 내 얼굴이 화끈거렸어요. 초등학교 도서관에서 빌린 책에도 이런 도장이 찍혀 있을까요? 어린이 도서관에서는 오히려 보기 어려운 장면일 듯싶어요. 어른의 한 사람으로서 창피해요. 왜 이런 짓을 하는 걸까요. 그들에게는 남을 위한 최소한의 배려도 없는 것일까요. 그들의 행태가 얄미울 뿐이에요. 책을 좋아하는 한 사람으로서, 또 공공 도서관을 자주 이용하는 한 사람으로서, 책을 깨끗하게 보자는 캠페인이라도 하고 싶어요. 남을 위한 배려가 아니라 나 자신을 위한 배려일 수도 있거든요. 내가 읽고 반납한 책이지만 내가 그 책을 다시 빌려야 할 상황이 있을 수도 있으니까요. 지금은 내가 이 문장에 감동했지만, 시간이 흐르면 생각이 달라질 수도 있어요.

엄마, 오늘은 아들이 회사 도서관에서 빌린 책을 읽다가 화가 좀 났나 봐요. 회사에 대한 열정이 왕성하던 때는 가끔

엄마, 밥 좀 천천히 드세요

씩 사내 전자게시판에 제안을 하기도 했어요. 요즘엔 강물의 흐름에 맡기고 있어요. 주변인으로 밀려난 월급쟁이에게는 회사의 분위기와 후배들을 생각하는 것보다 엄마와 함께할 은퇴 이후의 인생 2막을 준비하는 것이 더 중요하니까요. (2021년 5월 18일)

가족과 함께 미술관 나들이

어제는 미술관에 다녀왔어요. 집 근처에 '스페이스K'라는 갤러리가 오픈했다는 것을 최근에야 알았어요. 둘째 딸내미가 엄마랑 아빠랑 셋이 함께 가고 싶다고 하더라고요. 마침 어제는 오전에 시간 여유가 있었고요.

미국 마이애미 출신의 화가 헤르난 바스Hernan Bass 의 작품 24점을 선보인 이번 전시회의 주제는 〈모험, 나의 선택Choose your own Adventure〉이었어요. 이 작가가 어떤 사람인지 잘 몰랐기 때문에, 눈에 보이는 대로 감상하는 것도 좋겠다고 생각했어요. 물론 미술 작품에 대한 지식도 미천한 것도 한몫했지만요.

엄마, 밥 좀 천천히 드세요

많은 사람들이 호기심 어린 눈으로 유화 그림을 감상하고 있었어요. 작품을 뚫어져라 쳐다보는가 하면, 손에 든 휴대전화로 사진을 찍는 사람도 있었어요. 미술 작품을 감상하다 보니 자연스럽게 이 전시회의 주제가 왜 〈모험, 나의 선택〉인지 알 수 있겠더라고요. 작가는 소설이나 환상 동화에서 영감을 받아 그림을 그렸다고 하네요. 〈젊은이의 바다〉라는 작품에는 노인이 아닌 청년이 배에 타고 있어요. 배 안에는 피를 흘리는 상어 한 마리도 그려져 있고요. 짙은 바닷물과 빗물, 하얗게 부서지는 파도가 강렬했어요. 작가 헤르난 바스는 헤밍웨이의 소설 『노인과 바다』에 나오는 이야기에 대한 복수로 이 그림을 그렸다고 하네요. 전시된 작품들은 아름다움을 표현했다기보다는 말로 표현하지 못하는 이야기를 그림으로 표현해 놓은 것 같았어요. 뭔가 숨겨진 이야기를 찾아내야 할 의무감마저 들 만큼 강렬했지요. 입구에는 작가가 그림을 그리는 데 영감을 받은 문학 작품들이 전시되어 있었어요.

둘째 딸애는 전시장을 나오기가 아쉬운 모양이었어요. 작품에 대한 해설이 담긴 도록을 사고 싶다고 해서 기꺼이 내 신용카드를 건네줬어요. 출입구 벽면에는 작가가 이번 전시를 준비하면서 큐레이터와 인터뷰를 한 동영상이 상영되고 있었는데요. 딸애는 작가의 인터뷰 화면도 세심하게 지켜보았어요. 그림의 색감도 좋았지만, 그림 속에 스토리가 담겨있어서 더 좋았다고 했어요. 뒤늦게 유튜브를 통해 알게 된 정보에 따르면, 작가는 세계 3대 유명 갤러리에 초대될 만큼 인지도 있는 화가랍니다. 또한 그는 성소수자래요. 그림 속에 등장하는 고독한 소년의 모습이 새롭게 보이는 순간이었지요.

집에서 도보로 10분도 채 걸리지 않는 거리에 이런 갤러리가 생겨서 좋아요. 문화생활을 누리는 즐거움을 쉽게 맛볼 수 있게 되었어요. 더구나 지역 주민에게는 입장료를 20%나 할인해 준다고 하네요. 소설을 쓰는 둘째와 작곡을 전공하고 있는 막내 딸내미에게는 영감을 주는 훌륭한 문화공간이 집 가까이에 문을 연 셈이지요. 예술은 표현 방식은 서로 다르지만, 무언가 상통하는 것이 있어요. 화가가 문학 작품에서 영감을 얻기도 하고요. 소설가가 미술 작품을 보고 또 다른 영감을 받는 경우도 있지요. 음악가는 미술품이나 소설을 보고 아름다운 노래를 만들기도 해요. 엄마의 손녀들도 여기에서 전시되는 예술품을 보고 좋은 영감을 얻기를 기대해요. 추석 때 아들 집에 오시면 여기도 함께 구경하기로 해요. 아들과 함께 멋진 화가의 미술품을 감상하는 모험을 떠나봐요. (2021년 5월 27일)

아들의 현재와 엄마의 현재

엄마, 오늘도 비가 내리네요. 느티나무 가지가 심하게 흔들리고 있어요. 음산한 날씨예요. 연일 내리는 비 때문인지 기분이 울적해요. 라디오에서는 '봄날의 안부'를 전하는 시를 낭독하고 있어요. 잔잔한 음악을 배경으로 영화배우가 부드럽게 낭독하는 시도 따뜻한 위로로 느껴지지 않아요. 검은 우산을 쓰고 지나가는 아파트 주민의 발걸음이 무거워 보여요. 햇볕이 들지 않는 아침 풍경은 우리 마음까지 어둡게 만들어요. 고까짓 날씨에 좌지우지되는 내 감정이 참 간사하다는 생각도 들어요. 어쩌면 이런 사소한 느낌도 사치스러운 것인지도 몰라요. 도시의 아파트 거실 안에서 창밖을 바라보며 책을 보거나 글을 쓰는 행위도 사치라고 여겨져요.

  어제도 엄마는 비가 그친 틈새 시간을 이용해 밭으로 나
가셨다고요. 들깨 모종을 하고 나서 점심을 먹으러 밭에서
나왔다고요. 그때야 아들에게서 부재중 전화가 왔었다는 것
을 확인했네요. 요즘 자주 내린 비 덕분에 발이 빠질 정도로
밭고랑이 해갈되었다고요. 다행히도 지난주에 재차 심어놓
은 고구마 모종도 뿌리를 잘 내린 것 같다고요. 엄마는 비가
많이 와서 밭고랑을 걸어 다니기 힘든 것보다, 그저 해갈된
땅이 고마울 따름이겠죠. 엄마의 정성과 노력을 하늘과 땅
이 알고 있을 거예요. 올해도 엄마가 심어놓은 작물은 무럭
무럭 잘 성장할 테지요.

  농부가 밭에서 비를 맞으며 일하는 것에 비하면, 회사원
이 아파트 거실에서 노트북 자판을 두드리는 일은 분명히
사치스러운 일일 거예요. 엄마에게 편지를 쓰는 행위 덕분
에 아들은 비 오는 아침의 풍경을 감상하는 일이 사치라는
것을 깨닫게 되었어요. 매일 엄마를 부르니까 어쩔 수 없이
나의 현재와 엄마의 현재를 비교해요. 같은 시간 다른 장소

에서 생활하는 엄마와 아들이기에 현실이 안타까워요.

엄마, 무리하지는 마세요. 비가 오면 밭에 나가지 마시고 방 안에서 쉬세요. 심심하고 무료하면 서울 아들네 집으로 나들이도 오시고요. 서울이라는 도시가 낯설고 불편하시겠지만, 그래도 아들과 며느리, 그리고 손녀들 얼굴을 볼 수 있으니 좋지 않나요. 아들과 함께 주말에 영화관에도 가보고요. 아들이 사치스럽게 살아가는 모습에 엄마도 동참했으면 좋겠어요. 엄마는 충분히 사치스러운 생활을 즐겨도 괜찮아요. 더 이상 돈을 벌지 않아도 아무런 문제가 없어요. 이제 아들딸들과 손자 손녀들이 어떻게 사는가 지켜보기만 하셔도 돼요. 제발 그렇게 해주셨으면 좋겠어요. 아들이 간절하게 바라는 소원이랍니다. 아들이 이렇게 엄마에게 편지를 쓰는 이유도 바로 그런 것이지요. 엄마에게 휴식과 여유들 찾아드리고 싶은 마음을 꾹꾹 눌러 담는 작업이지요.

엄마 얼굴을 떠올리며 편지를 쓰는 순간이 행복해요. 어린 시절로 돌아가는 기분이에요. 아들이 학교에서 돌아와 부엌에 있는 엄마에게 달려가면, 엄마는 얼른 숙제부터 하고 놀라고 하셨지요. 엄마 말씀을 잘 들으면 맛있는 술빵도 만들어 주셨고요. 지금 아들은 다시 열여덟 학생이 되었어요. 앞으로도 늘 오늘처럼 엄마 안부를 묻고 글을 쓰는 아들이 될게요. (2021년 5월 28일)

부엌의 온도

엄마, 토요일 아침이에요. 아직 딸들은 잠자리에서 일어나지도 않았어요. 어미도 피곤하다며 안방 침대에 누워있어요. 지난 목요일에 당일치기로 엄마에게 다녀온 후유증인가 봐요. 어미가 밤늦게까지 반찬을 만들고, 육개장을 끓이고, 새벽같이 조치원으로 내려갔다가 저녁에 올라왔잖아요. 며느리가 시어머니 집에 빈손으로 방문하는 것이 어색해서 밑반찬과 육개장을 끓였나 했었는데요. 알고 보니 어미 생각은 달랐어요.

어른들이 코로나19 백신을 맞은 이후에는 집에서 잘 먹고 휴식을 취해야 한다는 뉴스를 들었나 봐요. 혼자 사는 엄마는 식사를 대충 끼니로 때우려고만 할 것 같았다고 해요. 며느리가 시어머니의 성격과 생활 패턴을 제법 정확하게 파악했어요. 아들은 결코 생각하지 못한 부분이었죠. 부엌에서 밥을 하고 국을 끓이고 반찬을 만드는 것도 수고로운 일이라는 것을 알고 미리 준비했던 것이지요. 엄마를 대신해서 어미에게 고맙다는 인사를 했어요. 아마도 사나흘은 엄마 혼자서 드시기에 충분할 것 같아요. 아침에 저도 혼자서 남은 육개장을 덥혀서 먹었어요.

요즘은 저도 주방에 자주 들락거린답니다. 옛날의 장남이 아니지요. 고무장갑을 끼고 설거지도 하고 쌀을 씻어서 전기밥솥으로 밥도 맛있게 해요. 오늘처럼 혼자서 아침 일찍 일어나 움직일 때는 스스로 주방에서 식사를 챙겨 먹어요. 전기밥솥에 있는 따뜻한 밥에 냉장고에 있는 반찬을 몇 개 꺼내서 식탁 위에 놓고 먹으면 되니까요. 손과 발을 움직이면 부엌에서 못할 일이 뭐가 있겠어요. 최근에는 주방에서 요리하는 남자들도 많다고 해요. 맞벌이 부부들이 늘어났으니까 어쩌면 당연한 변화인지도 몰라요.

저도 5년 전부터 조금씩 변하려고 노력했어요. 어미가 딸 내미들 용돈이라도 벌겠다면서 도시가스 검침원 일을 시작 하면서 많이 힘들어했거든요. 그 모습이 안쓰러워 보였어 요. 하루 종일 아파트 단지를 돌아다니며 도시가스 안전 점 검을 하는 아내를 도와줄 사람은 남편인 나뿐이란 생각이 들었어요. 작은 일부터 도와주자, 혼자 밥을 먹을 때는 스스 로 해결하자 다짐했는데, 그것만으로도 아내는 고맙다고 하 더라고요. 참 착한 사람이에요.

엄마, 제가 주방 일을 조금씩 나누어 하기 시작하니까 집 안 분위기가 달라졌어요. 아내의 잔소리는 줄어들었고요. 아빠가 고무장갑을 끼고 설거지하는 모습을 본 딸내미들도 엄마 혼자 감당하던 일을 덜어주려는 눈치예요. 부엌의 온 도가 한층 따뜻해지니까 좋아요. 우리 가족의 얼굴에도 변 화가 생긴 것 같아요. 예전보다 얼굴을 찡그리는 일이 줄어 들었어요. 그만큼 웃는 일은 늘어난 셈이지요. 나도 그렇고 어미도 주름살이 펴지는 느낌이에요. 주방의 따스한 기운이 거실의 온도까지 올려주었고 결국에는 온 집에 웃음꽃까지 활짝 피웠어요. 지금처럼 항상 즐겁고 화기애애한 가족 분위기를 만들고 싶어요.

　거실 창밖에 햇살이 아름답게 빛나고 있어요. 낮부터는 따뜻함을 넘어서 무더위를 느낄 만큼 기온이 올라간다고 하네요. 식사 잘 챙겨 드시고요. 집이 더우면 에어컨도 켜세요. 전기세 걱정하지 마시고요. (2021년 6월 12일)

딸 셋 키우는 아빠의 독서

빗소리가 운치 있게 들리는 순간은 내 마음이 편안한 상태라는 의미겠지요. 자동차 엔진 소리보다 아스팔트 위에 고인 빗물이 자동차 바퀴에 갈라지는 소리가 더 크게 들리고 있어요. 엄마는 이렇게 비가 많이 내리는 오후에 무슨 생각을 하고 있나요? 밭에 심어놓은 들깨 모종이 잘 자라길 빌었겠죠. 아니면 고구마 줄기가 잘 뻗어나가길 바랐을 테고요. 그것도 아니라면, 비가 그치고 난 뒤 밭고랑에 잡풀이 무성하게 자랄까 봐 걱정했겠지요.

엄마가 틈만 나면 밭으로 나가 농사일을 하듯이 아들은 시간만 나면 책을 펼쳐 들고 있어요. 가끔은 무료한 시간을 소비하기 위해서 소설을 읽기도 하고요. 글을 쓰고 싶은 욕심을 채우는 데 도움을 얻으려는 마음이 꿈틀거리면, 시집을 한 권 꺼내기도 해요. 회사 도서관을 자주 이용하고요. 온라인 서점에서 새 책을 구매해서 읽을 때도 있어요. 읽을 책을 고를 때는 우선순위가 있어요. 40대까지는 자기계발 서적이나 최신 경제경영 트렌드와 관련된 책을 먼저 읽었는데요. 50대 중반에 들어서면서는 글을 쓰고 싶은 욕심이 생겨서인지, 어떻게 하면 글을 잘 쓸 수 있을까 고민하면서 '글쓰기' 관련 책들을 사서 읽기 시작했어요.

독서 모임 활동도 참여했어요. 독서 모임에 나가면, 모임 참여자들이 대부분 여성이에요. 남자는 정말이지 한둘뿐이라서 외톨이가 되기 십상이었어요. 그러다 보니 읽을 책을 선정할 때도 우리 사회의 여성들에게 민감한 주제를 다루더라고요. 덕분에 아들은 페미니즘 관련 서적을 몇 권 읽게 되었지요.

딸 셋을 키우는 아빠잖아요. 자연스럽게 현실 속에서 여성들이 겪는 차별에 관심이 갔어요. 지금까지 나도 많은 혜택을 받아왔다는 사실을 알고 있어요. 장남으로서 혜택을 누린 만큼 여동생들은 희생을 한 셈이지요. 마음속에 늘 미안한 감정이 남아있어요. 페미니즘이나 여성 차별에 관련된 책을 읽다 보니, 그런 생각이 더 들었어요. 엄마도 한 명의 여성으로서 많은 희생을 해왔을 텐데, 그게 당연한 것으로 여겨지던 시절이었다는 것에 마음이 아파요. 나는 이제야 여성들도 남성과 동등한 권리와 주장을 할 수 있는 인격체라는 현실을 깨닫고 있어요. 최근에는 여성 작가들의 이야기에 눈길이 자주 갔어요. 박완서, 공지영, 은유, 정희진을 비롯해 외국 작가로는 아니 에르노Annie Ernaux가 생각나네요.

소설이나 에세이도 여성의 관점에서 쓴 글들은 몰입해서 읽기가 어려울 때도 있어요. 남성우월주의 사상이 지배적이었던 세상에서 살아온 사람의 편견 때문이겠지요. 내 사고방식이 아직은 가부장제의 틀에서 벗어나지 못하고 있나 봐요. 하지만 노력은 하고 있어요. 이제는 딸들의 미래를 걱정하는 아빠의 입장에서 고민하고 있으니까요. 그래서 남녀평등이나 페미니즘 관련 책을 읽어보려고 애를 써요.

자전적 소설을 한 편 쓰고 싶어서 틈나는 대로 소설도 많이 읽고 있어요. 소설도 집중해서 읽지 않으면, 마지막 페이지를 덮었을 때 아무런 내용도 기억나지 않는 경우가 있어요. 건성으로 책을 읽은 셈이지요. 기억력이 둔해진 탓도 있겠고요. 하여튼 아들은 아직 욕심이 많아요. 소설도 한 편쓰고 싶고, 엄마 이야기를 주제로 한 권의 책도 쓰고 싶고요. 나이가 들수록 욕심을 내려놓으라는 충고를 자주 듣고있어요. 들을 때는 나도 마음을 비우고 내려놓았다고 대답하지만, 돌아서면 책에 대한 욕심을 버리지 못해서 돋보기를 끼고 책을 읽고 있지요. 나는 죽을 때까지 책에 대한 욕심을 버리지 못할 것 같아요. 다른 욕심은 다 버려도 책 읽고 글 쓰는 욕심만큼은 절대로 줄일 수 없을 듯해요.

은퇴하고 엄마와 고향으로 가서도 책만 끼고 앉아있을 것 같아서 걱정이네요. 늙은 엄마는 밭에서 땀 흘려 일하고 있는데, 아들은 집에서 책만 보고 있을까 봐 은근히 염려가돼요. 엄마가 잔소리를 많이 해야 할 거예요. 엄마 말은 잘듣고 따르겠죠. 어쩌면 아들이 엄마에게 더 잔소리하게 될까요. 제발 밭에 나가서 일 좀 그만하시라고요. 종종 엄마와 아들이 그런 말다툼을 하면서 티격태격할 테지요. 그게 우리네 사는 방식이니까요. 엄마, 비 오는 날은 부침개 만들어 먹어요. 알았죠? (2021년 6월 3일)

엄마, 밥 좀 천천히 드세요

갑옷을 벗어 던지지 못하는 애송이

엄마, 옛날에 〈불멸의 이순신〉이라는 드라마 보셨죠? 드라마의 원작 소설을 쓴 작가가 김탁환인데요. 2년 전에 그를 만났어요. 유명 베스트셀러 작가가 직접 강의하는 글쓰기 강좌에 참여했어요. 매주 월요일 저녁에 당산동 카페에서 작가의 강의를 들었어요. 작가는 두 시간의 강의를 마치고 과제를 내주었어요. 수강생들이 제출한 과제물에 첨삭을 꼼꼼하게 해주는 선생님이었어요. 그는 소설 한 편을 쓸 때 100권의 참고 서적을 읽는대요. 글을 쓰는 사람들에게 그는 10권의 공책을 준비하고, 100만 원어치의 책을 사고 읽으라고 조언했어요. 1년에 겨우 책 100권 읽는 것을 자랑했던 내가 부끄러워지는 순간이었지요.

8주간의 강의를 듣고, 그의 매력에서 빠져나오지 못했어요. 강의를 녹취록으로 만들겠다고 다짐하기도 했어요. 그가 쓴 모든 책을 읽어보겠다고 덤벼들었지요. 그때까지 나온 작품 수가 무려 67권 정도라고 했어요. 1년이면 충분하다고 여겼죠. 그는 자신의 작품을 모두 읽은 사람을 아직 만나보지 못했다네요. 제가 처음으로 김탁환의 모든 작품을 읽은 독자가 되고 싶더라고요. 지금까지 29권을 읽었어요. 아직 절반도 읽지 못한 셈이지만 소설가 김탁환의 작품 세계에 조금씩 눈을 뜨게 되었지요. 소설이 대부분이었지만, 글쓰기 안내서뿐만 아니라 에세이까지 여러 권을 읽었어요. 그는 소설을 쓰면서 겪었던 경험과 습작 노트까지 책으로 낸 작가였어요. 그가 존경스러워졌죠.

『엄마의 골목』(난다, 2017)은 40대 후반의 작가가 70대 엄마와 함께 경남 진해 시내를 걷고 쓴 책이래요. 해마다 4월 초면 온갖 미디어에서 '진해 벚꽃축제' 또는 '군항제' 소식을 전해줘요. 꼭 한 번은 가고 싶다고 입버릇처럼 말만 했고, 아직 가보지 못한 도시가 진해지요. '김탁환 작가는 엄마와 어떤 대화를 나누었고, 어떻게 책으로 썼을까?' 작가의 글을 읽으면서 제가 참고할 만한 것이 무엇인지 고민했어요. 200쪽이 되지 않는 비교적 얇은 책이고, 내용도 부담스럽지 않았어요. 모자의 일상에 대한 이야기이기에 금방 읽을 것이라 여겼어요. 하지만 그 선입관은 채 25쪽을 넘기기 전에 무참하게 깨졌어요. 달라도 너무 달랐어요. 우리 엄마의 삶과 책 속 김탁환 작가의 엄마의 삶에는 너무나 큰 차이가 있었지요. 한마디로 말하자면 "부럽고 또 부럽다. 징그러울 정도로"라고 할까요. 그의 엄마가 부러웠고 그런 집안에서 자란 그가 부러웠어요.

새벽 4시에 새벽 기도를 나가시는 엄마가 있었고, 새벽 4시 30분에 대파 농장으로 가는 승합차를 타는 엄마가 있었지요. 초등학교 선생님으로 젊은 시절을 보낸 엄마가 있었고, 학교라는 공간을 경험하지 못한 엄마도 있었네요. 그리고 또 하모니카를 부는 엄마와 텔레비전 드라마를 열심히 보는 엄마까지…….

몇 번인가 책을 덮기도 했고, 휙 집어 던지기도 했어요. 자꾸만 책 속의 엄마와 우리 엄마를 비교하는 제가 얄밉고,

어느 순간에는 부끄러워졌어요. 그런 제 감정이 싫었지만, 불편함은 숨길 수 없었어요. 자신의 열등감을 숨기지 못하는 제가 미웠어요. 베스트셀러 작가이자 대한민국 최고 학부의 국어국문학과 박사과정을 공부한 작가에게 글쓰기를 배우고 싶은 욕심이 나도 모르는 순간에 열등감으로 변했던 거예요. 반대로, 책에는 비슷한 처지의 상황도 있었어요. 그의 아버지가 40대 중반에 죽었어요. 엄마가 혼자가 되신 나이와 비슷해요. 만약에 작가의 아버지가 지금까지 살아계셨다면, 지금 자신의 직업이 달라졌을지도 모른다고 했어요.

"그는 내가 상과대학에 진학하길 바랐다. 그가 그렇게 일찍, 내가 고등학교 2학년 때 세상을 떠나지 않았다면, 내가 국문과를 거쳐 소설가가 되는 길은 훨씬 어려웠을 것이다. 그 길 어디쯤에서 소설가의 꿈을 접었을지도 모른다. 그런 것이다, 인생은. 누군가의 존재가 누군가의 삶을 바꾸듯 누군가의 부재가 누군가의 삶을 바꾼다."

—『엄마의 골목』, 114쪽

이 대목에 공감이 많이 되었어요. 아버지도 나에게 법과

엄마, 밥 좀 천천히 드세요

대학을 가라고 했었지요. 만약에 제가 군대 생활을 할 때 아버지가 세상을 떠나지 않았다면, 제 직업도 달라졌을지 모르지요. 책을 읽으면서 굳이 유명한 작가와 저를 비교할 이유도 없고, 책 속의 엄마와 우리 엄마를 비교할 필요도 없었을 텐데요. 작가는 글쓰기 강의에서 이렇게 말했어요.

"타인에게 들어가려면 내가 최대한 약해져야 합니다. 타인의 삶을 이해하고 감정을 이입하려면 글을 쓰는 사람이 갑옷을 벗어 던지고 약해져야 해요."

저는 아직도 갑옷을 벗지 못하고 있는 애송이인가 봐요. 쓸데없는 자존심과 체면 덩어리에 집착하는 철부지이지요. 책 속의 등장인물을 그냥 있는 그대로 받아들여야 하건만, 그렇게 하지를 못했어요. 그래서 다시 마음을 다잡아 보았지요. 『엄마의 골목』 책의 구성과 문장의 완성도를 배워보자, 작가가 독자들에게 던지는 메시지에 집중해서 읽고 글쓰기에 참고하자고요.

마지막 페이지를 넘기고, 그가 남긴 사진들을 감상하면

서도 저는 질투심을 완전히 제거하지 못했어요. 못난 놈이
죠. 나이는 50대 후반이 되었지만, 여전히 어린 나를 발견했
어요.

『엄마의 골목』은 저에게 큰 충격을 주었어요. 그만큼 깨
달은 점도 있고요. 바로 글쓰기 달인이 되려면 좀 더 많은
책을 읽어야 하고, 체계적인 준비를 해야 한다는 것이지요.
저의 글쓰기 근육을 단련하는 데 큰 도움이 되었어요. 엄마
이야기를 책으로 쓰려면 10권의 공책을 준비해서 인터뷰도
해야 할까 봐요. 엄마에게 더 많은 사연들을 물어보고 자세
히 새겨들어서 정리를 해야겠다, 그러려면 엄마와 더 자주
얼굴을 마주하자, 그때마다 공책에 메모하고 정리하자는 마
음을 먹었죠. 이렇게 편지를 쓰게 된 것도 『엄마의 골목』 책
덕분인가 봐요. 어쩌면 제가 엄마를 더 사랑하게 된 계기가
되었을지도 몰라요. 때로는 질투심도 생산적인 역할을 하네
요. (2021년 6월 8일)

····· 아들은 지난 2023년 4월 초에 엄마와 함께 진해 군항제를 다녀왔습니다. 집으로 돌아왔을 때 엄마는 당신의 휴대전화에 진해에서 찍은 사진을 저장해 달라고 했습니다. 가끔씩 휴대전화로 사진을 본다고 합니다.

별들의 그림자처럼 살고 있어요

3

아들이 들려주는 라디오 방송국 이야기

엄마는 아들의 회사 생활이 궁금하지 않으셨을까요. 아들이 결혼하고 나서 한집에서 엄마랑 같이 살았다면 어땠을까요. 아마도 가끔씩 아들은 회사에서 있었던 이야기를 했을 거라 상상해 보았어요. 현실은 정반대의 상황이죠. 살림을 따로 차려 사는 아들은 엄마와 대화할 시간이 없어요. 어쩌다 전화 통화를 해도 채 1분을 넘기지 못하지요. 아들도 말수가 적지만, 엄마도 할 말씀만 하고 나면 전화를 끊었어요. 아들이 뒤늦게 할 말이 생각나서 엄마를 부르면 전화기에서는 뚜우~ 뚜우~ 전화가 끊어졌다는 신호음이 났어요. 우리 모자의 성격상 함께 살았어도 많은 대화를 나누지는 않았을 거라는 생각이 들어요. 아들이 출퇴근하고 밥 먹는 얼굴을 보면서 엄마는 눈치코치를 발휘했겠지요. '회사에서 무슨 일이 있었는지는 모르지만, 오늘은 기분이 좋지 않구나', '오늘은 회사에서 좋은 일이 있었구나' 하고요. 아주 가끔은 외식을 하면서 그날 회사에서 겪었던 이야기를 했을 지도 모르고요. 맞아요. 서론이 길어졌지만요. 오늘은 아들의 회사 생활이 어떤지 엄마에게 풀어보려고 해요.

엄마는 한 번도 아들이 다니는 방송국 이야기를 묻지 않았어요. 31년 전 신입사원 시절부터 이야기를 시작하면 너무 길어질 것 같으니, 요즘 아들이 출근해서 하는 일과를 편지로나마 엄마에게 이야기해 드릴게요.

아들이 사는 집은 서울의 강서구에 있어요. 지하철 5호선 발산역에서 가까운 아파트라는 것을 엄마도 알고 있죠. 한때는 아들이 집에서 여의도에 있는 회사까지 자전거를 타고 출퇴근을 하기도 했어요. 자전거로 출퇴근하는 회사원을 '자출족'이라고 하는데요. 아들도 자출족 생활을 7~8년 했어요. 5년 전에 허리를 다쳐서 의사로부터 척추 디스크 진단을 받은 뒤로 자전거 타기를 그만두었지요. 그 이후론 지

하철이나 버스를 탔어요. 승용차로 출퇴근을 하면 편하기는
해도, 서울의 교통 사정이 예상을 빗나가는 경우가 많아서
불편했어요. 참 신기해요. 자전거나 지하철이나 버스나, 집
을 나와 회사 사무실에 도착하는 시간은 비슷했어요. 모두
약 45분이 걸렸어요. 심지어 승용차를 이용해도 크게 차이
나지 않았어요. 물론 주말이나 공휴일에 출근하거나 야근을
하고 나서 밤늦게 퇴근할 때는 승용차가 훨씬 일찍 도착했
지요. 작년에 코로나19 바이러스가 심각해지기 전까지는 대
중교통을 이용했어요. 코로나19가 심해지니까 아들도 자가
용을 이용하기 시작했어요. 재택근무를 하는 직원이 많아서
회사 주차장도 여유가 생겼고요.

이번 주엔 낮 근무를 하고 있어요. 어제 처음으로 새 차를
타고 출근했어요. 회사에 도착하면 사무실로 먼저 가지 않
고 다른 곳으로 가요. 커피 한 잔을 사러 가는 거죠. 라디오
생방송 스튜디오에서 근무하는 직원들은 사무실이 따로 없
어요. 대신 대기실이 있지요. 아들이 오늘 일하는 시간에는
〈주현미의 러브레터〉라는 프로그램을 방송했어요. 트로트
를 잘 부르는 가수 주현미 씨가 진행하는 프로그램이에요.

엄마, 밥 좀 천천히 드세요

지난주까지는 가요와 팝송도 방송했어요. 나와 같은 해에 입사한 동기 피디PD가 담당했던 프로그램이었거든요. 이번 주 월요일부터 그 피디가 인사 발령으로 다른 부서로 가고 젊은 피디로 바뀌었어요. 동기와 함께 같은 프로그램을 생방송으로 제작하는 일은 부담이 없었어요. 선배나 후배 피디보다는 친근감이 있거든요. 친구가 선곡하는 노래를 듣는 것이 참 좋았었죠. 그가 떠날 때 걱정스러운 말을 건넸어요. 새로 오는 피디가 어떤 노래를 선곡할지 걱정되었거든요.

라디오 방송국에서는 봄과 가을철에 프로그램을 조금씩 개편하는 관행이 있어요. 진행자를 바꾸기도 하고요. 새로운 분위기로 청취자들에서 다가가려는 노력이겠지요. 물론 아들이 학교 다니던 시절에 비하면 라디오 청취자가 많이 줄었어요. 엄마도 집에서는 텔레비전만 보잖아요. 라디오는 아예 없고요. 그래도 차를 타고 다니는 사람들과 시장에서 장사를 하는 분들은 라디오를 꾸준히 듣고 있어요. 일을 하면서도 라디오는 들을 수 있으니까요.

걱정과는 달리 새로 온 피디가 선곡한 노래는 전과 비슷했어요. 팝송을 선곡하지 않을 뿐이지요. 50~60대 나이의 청취자층을 겨냥해서 1970~1980년대 가요만을 골라서 방송하니까 듣기 편하고 좋더라고요. 학창 시절에 카세트테이프가 늘어지도록 들었던 가수들의 음악을 들으니, 그 당시 추억이 새록새록 떠올랐어요. 신기해요. 음악은 과거의 기억을 소환시키는 마법이 있어요. 특히나 아주 오래된 전통가요 중에서도 대중들에게 큰 사랑을 받았던 곡을 하루에 하나씩 골라서 노래가 만들어진 배경과 작곡자나 작사자와 가수의 사연을 소개하는 코너가 감동을 많이 주네요. 좋은 음악을 듣다 보면 시간이 금방 흘러가 버려요. 두 시간이 순식간에 지나가지요. 반면에, 모르는 음악이 나와서 지겹거나 방송 장비에 이상이 생기면 시곗바늘이 괜히 더 천천히 돌아가는 것 같아요. 세상 이치가 다 그런 걸까요?

엄마, 살갑지 않은 아들이 들려주는 방송국 이야기가 재미있나요? 어떻게 설명해야 엄마가 웃으면서 들을 수 있을지 좀 더 고민해 볼게요. 우선은 그냥 시간의 흐름대로 나열해 보려고 해요. 오늘은 여기까지 말씀드리고요. 내일 또 이어갈게요. 안녕히 주무세요. (2021년 4월 22일)

누구랑 함께 일하냐면요

오늘은 아들과 함께 일하는 동료들에 대해서 이야기를 하려고 해요. 아들이 일하는 라디오 생방송 스튜디오에서 함께 일하는 엔지니어는 여섯 명인데요. 선배 한 명은 내년 3월이 정년퇴직이고요. 그 뒤를 이어서 2년 5개월 후에는 제가 출근을 하지 않게 돼요. 입사 동기가 한 명 있고, 후배 세 명이 똑같은 업무를 시간대만 나누어서 교대로 일해요.

회사 분위기가 예전과 많이 달라졌어요. 최근에는 모든 방송 장비가 디지털화되었거든요. 아들이 방송국에 입사했을 당시에는 아날로그 세대의 선배들에게 일하는 방법을 배웠는데요. 디지털 세대로 변화된 요즘엔 선배의 역할이

제한적이에요. 오히려 후배들이 최신 기술에 대해서는 더 많이 알아요. 디지털화된 장비의 편리한 기능을 이용하는 방법을 선배가 후배에게 배워야 하는 처지로 바뀌었어요. 아날로그 시절에는 교대를 하면서 전 근무자 중에서 선배가 방송 장비의 현재 상태를 전달해 주었어요. 지금은 근무자 각자가 같은 장비에 다른 설정값을 저장해 놓고 있어요. 그러니까 앞에 근무한 선배의 방법을 싹 무시하고, 나는 내 방법으로 생방송을 제작하는 것이지요. 철저히 개인화된 시스템으로 변했어요. 자신이 일한 시간에 발생한 모든 일에 대해서 현장 근무자가 책임져야 해요. 함께 일하는 동료라고 하지만, 서로 느끼는 신뢰감은 예전에 비해서 엄청 달라요. 디지털 장비는 표면에 보이는 숫자가 전부가 아니거든요. 겹겹이 다른 숫자들이 숨어져 있는 것을 버튼을 누르면서 확인하기가 쉽지 않아요. 아침 7시부터 자정까지 생방송이 계속 이어져요. 한 명이 두 시간씩 생방송 현장에 투입된답니다. 두 시간마다 교대하는데요. 불과 2분 만에 콘솔 앞 의자 주인이 달라져요.

생방송 시간에 출연자가 여러 명일 경우에는 대기하는

동료가 마이크를 추가로 설치하는 일을 도와주기도 해요. 어떤 때는 프로그램을 진행하는 피디와 소통이 잘되지 않아서 고생을 해요. 라디오에 처음 출연하는 가수가 라이브로 노래를 하는데요. 리허설도 없어요. 엔지니어는 그 가수의 목소리가 어떤지 전혀 모르는 상황에서 생방송을 해야 해요. 사람에 따라서는 굵고 크게 나오는 목소리가 있는 반면에, 가늘고 얇은 목소리도 있어요. 순간적으로 가수의 음색과 크기를 파악해서 좋은 소리로 만들어 내야 해요. 목소리의 특성이 빨리 파악되지 않을 때는 정말이지 피 말리는 스트레스를 받아요. 우리도 사람이거든요. 늘 똑같은 상태를 저장해 놓는 컴퓨터가 아니라, 인간이라서 컨디션이 나쁜 날이 있어요. 그러면 당최 소리의 감을 잡을 수가 없어요. 눈에 보이지 않는 실체를 귀로 듣고 느낌만으로 파악하는 일이라서 더 힘들어요. 나는 이런 소리가 좋은데 다른 사람은 싫다고 할 수도 있거든요. 어떤 청취자는 트로트가 좋다고 하고 40대 아줌마는 재즈나 발라드 음악을 좋아해요. 모든 사람의 취향을 맞추기는 어렵기에 우리도 적당한 선에서 타협을 해요. 더 좋은 소리가 나오도록 최선을 다하지만, 한계가 있거든요. 나이가 들면서는 그 한계를 구실 삼아

내 편의대로 적당한 선의 수준으로 맞추는 경향이 있어요.

아들은 그래도 피디들이 함께 일하기가 편하다고 해요. 내가 콘솔 앞에 앉아있으면 안심이 된대요. 그들이 편하게 프로그램을 진행하도록 맞춰주기 위해서 나는 머리를 쥐어짜고 있어요. 오늘도 이 편지를 쓰고 나서 출근을 해요. 저녁 근무거든요.

엄마, 재미없죠? 방송국 이야기를 재미있게 풀어내고 싶은데요. 잘 안 돼요. 특히나 방송 기술에 대해 이야기하게 되면 더 딱딱해져요. 가수나 개그맨들이 출연하는 프로그램은 부드럽고 유쾌한데요. 그들의 쾌활하고 발랄한 감성을 배우고 싶은 순간이네요. (2021년 4월 28일)

일하다 보면 화도 나고요

어린이날 아침이에요. 막내딸이 대학 2학년을 마쳤으니, 이제 우리 집에 어린이는 없는 셈이네요. 큰애는 휴일을 만끽하겠다고 선언했어요. 친구랑 오후에 자전거를 타고 한강공원에 나간대요. 둘째는 서울식물원 산책을 하자고 했고요. 달력에 수요일이 빨간색으로 표시되어 있는 주는 시간이 빨리 흐르는 것 같아요. 이틀 출근하고 하루 쉴 수 있어서 좋아요. 또 이틀 후에 주말이 기다리고 있다고 생각하면, 또 열심히 일해야지 다짐하게 돼요. 하지만 아들의 회사는 휴일에도 일을 하는 경우가 많아요. 오늘도 밤 10시부터 자정까지 생방송이 있어요.

어제 오후 6시에 생방송 스튜디오에서 콘솔을 점검하고 있을 때였어요. 마침 사전에 녹음으로 제작된 프로그램이 방송되는 시간이었지요. 여유롭게 방송 장비를 살펴보고 있는데, 전화벨 소리가 울렸어요. 주조정실과 연결된 직통전화였어요. 생방송 도중에 갑자기 문제가 발생했을 때, 수화기만 들면 바로 연결되는 전화예요. 무슨 급한 일이라도 생겼나 싶어 긴장하며 전화기를 들었어요. 서로 통성명을 하고 용건을 이야기하는데요. 전화기 너머로 전달되는 상대방의 목소리가 위압적으로 느껴졌어요. 마치 경찰이나 검찰이 범죄 용의자를 추궁하는 듯한 뉘앙스가 풍겼어요. 요점은 어린이날인 오늘 아침 6시 57분 교통정보를 송출할 생방송 근무자가 출근하는지를 묻는 것이었어요. 처음엔 갑작스러운 질문이라서 잘 모른다고 대답했어요. 그랬더니 대답해야 한다며 죄인 취급을 하듯이 몰아세우더라고요. 슬그머니 화가 치밀어 올랐어요.

난 모른다. 나는 이번 주에 야근 업무만 해서 새벽 근무는 신경 쓰지 않았다. 자세하게 알고 싶으면 담당 팀장에게 전화를 해보시라고 했죠. 그러니까 알았다고 전화를 끊었어

엄마, 밥 좀 천천히 드세요

요. 그렇게 퉁명스럽게 전화 통화를 마무리하고 났더니 괜히 마음이 불편했어요.

물론 내 나름의 변명할 거리와 핑계는 있어요. 전화한 상대방이 먼저 내 기분을 상하게 했어요. 그가 전화를 친절하게 했다면, 나도 다른 식으로 대응했을 거예요. 단도직입적으로 질문을 하겠다면서 전화를 받는 사람을 추궁하는 태도에 나도 모르게 감정을 실어서 목소리를 내게 된 거지요. 서로의 입장을 충분히 설명하며 근무표를 확인할 수도 있는 상황이었어요. 나는 그가 먼저 근무표를 확인하지 않고 직통전화를 든 것이 마음에 들지 않았던 거지요. 직통전화를 용도에 맞지 않게 사용하는 그의 태도가 거슬렸어요. 거듭 돌이켜 보니 그에게 쌓인 감정의 골도 깊었나 봐요. 평상시 그는 전화를 받을 때 자신의 이름을 밝히지도 않고 퉁명스럽게 "네"라는 한 마디만 던지는 스타일이었어요. 또 일근 시간에 야근 편성표를 확인해 주길 부탁하면, 대답만 하고 행동을 취하지 않았어요. 자기 근무 시간이 아니라는 이유에서요. 철저하게 자기 위주의 사고방식으로 생활하는 그에게 나도 똑같은 방식으로 복수를 한 셈이었지요. 앙갚음

했으면 속이라도 시원해야 할 텐데⋯⋯. 전화를 끊은 이후로 하룻밤이 지난 지금까지 내 속은 쓰리고 거북스럽네요. 왜 그럴까요.

엄마, 내 행동이 왜 그렇게 옹졸했을까요. 사실 그는 나보다 나이가 두 살 많은 선배였어요. 한때는 친한 척하면서 식사도 함께했던 사이였어요. 그가 주조정실에서 근무하고 나는 생방송 스튜디오에서 일하게 되고, 공식적인 업무로 전화 통화를 하면서 그의 다른 면을 보게 되었어요. 어쩌면 그도 나에게 실망했겠지요. 다음 주에는 나에 대해 좋지 않은 소문이 날 것도 같아요. 그는 여러 명이 함께 일하는 부서에서 말이 많은 선배로 소문난 사람이거든요. 그런 걱정을 덜어내려면 아무래도 화해해야겠지요.

그런데 선뜻 먼저 사과와 화해의 손길을 내밀기가 쑥스럽고 어색해서 망설이고만 있어요. 내 잘못이 크지 않다는 옹색한 마음이 아직 풀어지지 않은 탓인지도 몰라요. 내가 아직 어리석은 걸까요. 날마다 책을 읽고 글쓰기 공부를 하면서 나는 무엇을 배웠을까요. 내 감정을 제대로 추스르지

엄마, 밥 좀 천천히 드세요

못하는 인간이라서 부끄럽고 창피해요. 책을 읽으며, 감성을 자극하는 문장에 밑줄을 치면서, 나는 이성적으로 사람과의 관계를 개선하는 지혜를 터득하지는 못했나 봐요. 시와 소설을 읽으며 문학에 탐닉하다 보니, 사람이 감성적으로 치우치게 된 건 아닌지 모르겠어요.

엄마에게 이렇게 아들이 회사에서 겪은 일로 불평불만을 털어놓는 일도 부끄러워요. 쑥스럽고 부끄러운 줄 알면서도 엄마에게는 투정 부리듯 이야기하고 싶어요. 엄마에게 어리광이라도 부리고 싶은 어린이날이에요. 엄마에겐 아들이 언제까지나 어린애겠지요. 엄마가 보고 싶어요. 이번 주말엔 엄마 보러 갈게요. (2021년 5월 5일)

음악과 함께 일하는 사람들

엄마, 바람이 거세게 불어요. 빗줄기도 제법 굵고요. 밤 기온은 차고 낮에는 따뜻한 날씨가 이어지고 있어요. 기온 차가 심하면 감기에 걸리기 쉬울 텐데요. 엄마는 오늘도 어김없이 대파 농장으로 가는 승합차에 탔겠지요.

어제도 야근이었고, 오늘도 야근이라서 오후 출근이에요. 저녁 시간은 낮 시간대에 비하면 라디오 프로그램 진행이 단조로워요. 디제이DJ가 청취자가 보내주는 사연과 신청곡을 틀어주거나 미리 선곡해 놓은 노래를 방송해요. 낮에는 인기 가수가 스튜디오에 직접 출연해서 라이브로 노래를 부르는 경우가 많아요. 엔지니어 입장에서는 라이브 노래를 부르는 가수의 음색과 음량을 최고의 품질로 방송하려면 바짝 신경 써야 해요. 두 시간 동안 의자에서 일어나지도 못하지요. 콘솔 위에 두 손을 올려놓고 마이크를 타고 들어오는 디제이와 가수의 소리가 깨끗하고 아름답게 방송되도록 조절해야 하거든요. 스튜디오 안에 있는 출연자들의 입에 엔지니어의 귀와 눈과 손의 신경이 온통 쏠리게 돼요. 가수 두세 명이 출연해서 번갈아 가며 라이브로 노래하는 두 시간이 흐르면 머리가 멍해질 때가 있어요. 어떤 때는 내 몸 안의 기력이 다 빠져나가는 듯해요.

물론 힘들고 고달픈 만큼, 재미도 있고 보람도 느껴요. 방송을 마치고 스튜디오를 나가는 디제이나 가수가 콘솔 앞에 앉아있는 기술 감독에게 깍듯이 머리를 숙여 인사를 할 때가 있거든요.

"수고하셨습니다. 감사합니다."

이 한마디에 하루의 피로가 싹 달아나지요. 어느 가수는 방송에 나간 소리가 자기 뜻대로 송출되지 않았다고 여겨질 경우엔 얼굴을 붉히며 그냥 휙 나가버려요. 그러면 엔지니어도 기분이 별로 좋지 않아요. 생방송에서 라이브하는 가수들의 목소리 크기와 색깔을 정확하게 미리 설정해 놓을 시간이 거의 없거든요. 한 스튜디오에서 서로 다른 프로그램이 생방송으로 계속 이어지는 상황이다 보니 리허설을 할 시간이 없어요. 다행히 앞 프로그램이 녹음 제작되었을 경우엔 리허설이 가능한데요. 그런 경우가 드물어요.

프로그램을 진행하는 아나운서나 디제이와 매일 한 공간에서 일을 하고 있어요. 친구들은 나에게 연예인들 자주 볼 수 있어서 좋겠다고 종종 농담을 하곤 해요. 마이크와 카메라 앞에서 방송하는 연예인들은 에너지가 넘치는 것 같아요. 피곤해하면서도 마이크 앞에서는 금방 활기를 찾고 웃으며 방송하는 아나운서를 보면 대단하다고 칭찬해 주고 싶어요. 라디오 생방송 스튜디오 마이크 앞에 앉은 아나운서나 디제이는 크게 두 부류로 나눌 수 있어요. 하나는 큐시트 원고와 컴퓨터 모니터만 쳐다보고 두 시간 내내 콘솔 앞에 앉아있는 엔지니어와 눈을 마주치지 않는 경우고요. 또 다른 부류는 원고와 컴퓨터 화면을 보기도 하지만, 자신의

엄마, 밥 좀 천천히 드세요

의견을 즉흥적으로 말할 때는 고개를 들어서 콘솔 앞에 있는 엔지니어와 피디의 얼굴을 쳐다보는 경우가 있지요. 우리 엔지니어 입장에서는 후자의 경우가 훨씬 더 편안하고 좋아요. 서로 눈을 마주치며 표정을 읽으며 일하면 감정이 입도 잘되기에 더 좋은 방송이 만들어지지요.

예전에는 청취자들이 보내오는 엽서나 편지를 읽어주는 라디오 프로그램이 인기를 끌었는데요. 요즘엔 초고속 인터넷이 발달해서 휴대전화 문자나 인터넷 통신망을 이용한 사연 전송으로 방송을 하고 있어요. 속도가 훨씬 빨라진 거지요. 방송국 스튜디오에서 청취자를 향해 일방향으로 이야기를 전하던 시절에서, 지금은 청취자가 보내는 문자나 사연을 진행자가 실시간으로 보고 읽는 시대로 변했어요. 작가가 써준 원고와 인터넷으로 올라온 청취자 사연만 쳐다보는 진행자는 갑자기 발생하는 방송 장비의 에러나 피디와 엔지니어의 실수에 대응하는 데 어려움을 겪어요. 생방송을 하다 보면 가끔씩 의사소통에 문제가 생겨서 노래의 순서가 바뀐다거나 마이크 소리가 나오지 않을 때가 있는데요. 그러면 항상 눈을 마주하며 방송을 하는 진행자는 조정실의 상황을 눈치로 알아채고 임기응변으로 대처를 잘해요.

　또 갑자기 담당 피디가 휴가를 갈 경우에는 프로그램 포맷이 생소한 피디가 와서 진행하는 경우도 있는데요. 그럴 때 고개를 자주 들고 방송하지 않던 진행자는 영 어색한 분위기로 생방송을 할 수밖에 없어요. 당연히 그의 불안한 목소리 톤은 방송에 그대로 반영되고요. 함께 일하는 사람들끼리 서로 눈을 마주 보며 소통하는 분위기가 지속되었으면 좋겠어요. 어느 진행자는 콘솔 앞에 앉아있는 엔지니어의 표정을 보면, 노래의 선곡이나 자기의 멘트가 좋은지 아닌지를 판단할 수 있대요. 또 엔지니어가 표정으로 반응해줄 때 더 방송하기가 좋대요. 무표정한 엔지니어가 앉아있으면 재미가 없다고 하더라고요. 아들은 비교적 그들의 말에 잘 반응하는 편이에요. 진행자가 청취자의 사연을 읽으며 감정을 실을 때면 고개를 끄덕이면서 공감을 해줘요. 슬픈 사연에 너무 감정 이입한 나머지, 눈물을 흘려 곤란할 때도 있지만요.

　생방송 스튜디오에서 일을 하다 보니 다양한 사람들의

　　　　　　　　　　　엄마, 밥 좀 천천히 드세요

이야기를 듣게 돼요. 뉴스로 듣고 보는 정보보다는 인간미가 넘치는 사연들을 더 자주 더 많이 들어요. 재기 발랄한 끼를 발휘하는 연예인들이 읽어주는 재미있는 사연에는 마스크를 쓴 채 큰 소리로 웃어요. 오후 2시부터 진행하는 코미디언 김혜영 씨도 내가 크게 웃어줘서 고맙다는 인사를 했어요. 참으로 인정 많고 활달하고 에너지 넘치는 분이에요. 스튜디오에 들어오고 나갈 때면 꼭 엔지니어와 주먹을 쥔 손을 마주치며 인사를 해요. 즐기면서 일을 할 수 있는 회사 생활이라서 행복해요. 음악과 함께 생활하는 공간과 시간이 좋아요. (2021년 5월 7일)

라디오 방송국 일의 기쁨과 슬픔

엄마는 부처님 오신 날에 고구마밭에 다녀오셨다고요. 5월초에 심은 고구마 순이 뿌리를 제대로 내리지 못하고 시들었다고요. 엄마는 밭고랑에 말라비틀어진 고구마 싹을 보며 가슴을 쓸어내렸겠지요. 자식이 아파서 쓰러진 듯 애잔하게 바라보았을 테지요. 그 빈자리를 그냥 두지 못하는 엄마는 모종을 추가로 구입해서 잇는 작업을 했다고요.

아들은 오후에 출근해서 라디오 생방송을 하고 왔어요. 휴일에도 라디오는 생방송을 한답니다. 빨간 날에도 온전하게 휴식을 취하지 못하는 사람이 많아요. 직업상 남들이 편히 쉬는 시간에도 일을 하는 사람들이지요. 아들도 비슷해

엄마, 밥 좀 천천히 드세요

요. 방송국에서 일하면서 불편했던 점이 몇 가지 있는데요. 그중 하나가 바로 일요일이나 공휴일을 포함해, 하물며 설날이나 추석에도 출근하는 일이었어요.

신입사원 시절이었어요. 설 연휴가 시작되는 첫날, 아들은 고향집에 미리 들렀어요. 3조 2교대 근무표에 설날 일근을 배정받았거든요. 연휴 첫날, 아들은 티코를 운전해 고향에서 직장으로 가야 했어요. 눈이 엄청나게 내렸던 날이었지요. 타이어에 체인을 감고 거북이 속도로 이동했어요. 남들은 모두 고향으로 가는데 나는 회사로 가는 마음이 편할 리가 없었지만, 엄마는 아들의 직장 일에 대해서는 어떤 일이든지 이해해 주었지요. 겉으로 표현하시지 않아서 그렇지, 아마도 속으로는 서운한 마음도 있었겠지요. 오랜 세월을 휴일과 관계없이 출근하는 일이 습관처럼 몸에 익숙해지다 보니, 비슷한 처지의 직장인들에게 동병상련의 마음을 느껴요. 의외로 남들과 다르게 생활하는 사람들이 많더라고요. 소방관, 경찰관, 군인, 버스 기사와 택시 기사, 열차 승무원 등……

엄마, 아들이 방송국에서 일하면서 가장 편한 점은 뭔지 아세요? 방송국 직원들은 격식에 얽매이지 않고 자유롭게 옷을 입고 다녀요. 회사원이라면 제일 먼저 떠오르는 이미지가 바로 깔끔하게 양복 정장을 차려입은 모습인데요. 우리 회사는 대부분 직원들이 편한 옷을 입고 일하고 있어요. 정장 차림을 한 직원은 극히 일부지요. 물론 사장을 비롯한 회사 임원이나 간부들은 넥타이를 매고 다녀요. 캐주얼한 일상복을 입고 일하는 것과 흰 와이셔츠에 넥타이를 매고 일하는 것에는 어떤 차이가 있을까요. 방송국은 물건을 만드는 회사가 아니에요. 사람들의 눈과 귀를 즐겁게 해주는 프로그램을 만드는 회사지요. 시청자와 청취자의 마음을 움직이는 화면과 언어를 창출하는 작업을 하고 있어요. 일정한 규격과 격식에 얽매인 사고방식은 창의적인 작업을 방해하는 것 같아요. 몸이 자유로워야 마음과 머리도 상상의 나래를 펼 수 있지 않을까요.

회사 생활에서 좋은 점 불편한 점을 이야기하려고 했는데요. 자꾸만 방향이 다른 길로 가고 있는 것 같아요. 날씨 탓인가요. 또 비가 오려나 봐요. (2021년 5월 20일)

엄마, 밥 좀 천천히 드세요

별빛에 가려 보이지는 않겠지만

엄마, 텔레비전에서 〈라디오스타〉라는 예능 프로그램을 혹시 보셨어요? 둥근 원형의 테이블에 여러 명의 연예인이 출연해서 이야기를 나누는 프로그램인데요. 제목이 왜 〈라디오스타〉인지 아세요? 제가 추측해 보자면, 텔레비전 방송이지만 이야기를 진행하는 형식이 라디오 프로그램을 그대로 모방했기 때문이 아닐까 싶어요. 이 프로그램의 피디는 오래전에 개봉한 영화 〈라디오 스타〉의 제목을 빌려 인기를 끌고 싶었을지도 모르겠어요. 그 영화의 주연으로 출연한 배우가 엄청 유명해요. 한국의 남자 배우를 대표한다고 해도 과언이 아니지요. 바로 배우 안성기 씨와 박중훈 씨가 출연했어요. 영화의 배경은 강릉의 한 라디오 방송국이고요.

나중에 시간이 나면 엄마와 함께 집에서 이 영화를 다시 보고 싶어요. 왜냐고요? 영화 속 인물 중에서 '박 기사'가 하는 일이 바로 아들이 라디오 방송국에서 하는 일과 같은 일이 거든요. 그 당시는 방송국에서 일하는 기술 스텝을 '기사'라고 불렀나 봐요.

옛날이야기라고만 생각했는데, 아니었어요. 지금도 일부 가수들 중에서는 우리 동료들을 그렇게 부르는 경우가 있다고 하네요. 얼마 전에 회사 휴게실에서 후배들과 대화하다가 들었어요. 어떤 젊은 가수가 후배에게 '기사님'이라고 불렀대요. "기사님, 스튜디오 모니터 소리 좀 줄여주세요"라고요. 그 말을 들은 후배는 정말 충격을 받았다고 하네요. 30대 중반의 나이였는데요. 살면서 기사라는 말을 처음 들었대요. 아마도 그렇게 부른 가수의 나이도 후배 엔지니어와 비슷할 거예요. 그 가수가 소속된 기획사의 녹음실에서는 콘솔 앞에 앉은 사람을 그렇게 부르나 봐요. 곰곰이 생각해 보면 나에게 기사라고 부른 사람도 있었어요. 나보다 나이가 많은 어른들이었지요. 2021년을 살아가는 30대 젊은이가 방송국 엔지니어에게 기사님이라는 호칭을 사용했다는 사실이 뜻밖이었어요.

그 일을 겪고 난 후배는 다른 동료들과 많은 이야기를 나누었나 봐요. 어제 우리 라디오기술국 직원들이 사용하는 사무실 명판을 바꾸었어요. 사무실 직원이 컬러 프린터로 예쁘게 인쇄한 명판에는 'R(Radio) 기술 감독 사무실'이라는 글자가 선명하게 빛나고 있었어요. 후배들이 그 명판을 보고 손뼉을 치더라고요. 어떤 설움을 떨쳐내는 듯한 분위기였어요. 확실히 이전에 쓰여있던 '기술 스태프실'보다는 훨씬 좋아요. 맞아요. 방송국에는 기술에 대한 긍지와 자부심을 품고 일하는 엔지니어도 있지만, 인기 많은 가수나 아나운서들과 함께 일하는 직원 중에는 드러내기 힘든 열등의식을 갖고 있기도 해요. 매일 빈틈없는 생방송 일정에 치여 생활하고 있어요. 매 순간 방송 사고의 위험에 노출된 상황이 더 사람을 위축시키는지도 몰라요.

다른 사람을 어떤 이름으로 부르는가는 바로 그 사람을 대하는 태도라고 생각해요. 내가 당신을 이만큼 존중하고 있다는 마음을 표현한다면 최대한의 예의를 갖추고 공손한 태도로 듣는 사람의 마음이 상하지 않는 호칭을 찾으려고 애를 쓰겠지요. 내 마음속에 상대방을 무시하는 감정이 숨겨져 있다면 아무렇게나 입에서 튀어나오는 말을 하게 될 테고요.

생방송을 하다 보면 콘솔 앞에 앉아서 일하는 엔지니어를 대하는 여러 사람들을 만나게 돼요. 어떤 가수는 스튜디오로 들어가기 전에 피디에게 인사도 하지만, "기술 감독님, 제가 노래할 때는 고음을 좀 살려주시고요. 에코 효과는 약하게 해주세요. 잘 부탁합니다"라고 엔지니어들에게도 정중하게 90도로 고개를 숙여 인사하는 경우도 있어요. 디제이들 대부분은 우리를 '기술 감독'이나 '음향 감독'이라고 불러요. 가끔씩 가수와 함께 오는 매니저와 작가들이 얼굴을 익히기 전에 아무런 호칭을 사용하지 않고 '저기요' 또는 '아저씨'라고 부르기도 해요. 그들에게 엔지니어는 하찮은 존재로 보이는가 봐요. '엔지니어님'이라고만 불러줘도 서운한 감정은 들지 않을 텐데요.

인기 연예인들을 스타라고 부르는데요. 밤하늘에 빛나는

엄마, 밥 좀 천천히 드세요

별들처럼 대중의 인기를 한 몸에 받는 존재들이기 때문이 겠지요. 그들의 화려한 얼굴과 목소리를 수천만 명에게 동시에 전달하는 기술은 바로 우리 엔지니어의 손에 의해서 이루어지고요.

문득 그런 생각을 해봤어요. 방송국에서 일하는 우리 엔지니어들은 연예인들이 더욱 밝게 빛날 수 있도록 만드는 밤하늘 같은 존재가 아닐까 하고요. 별들만 제각각 존재한다고 해서 지금처럼 아름답지는 않겠지요. 가수의 아름다운 목소리가 라디오 전파를 타고 대중의 귀에 다가갈 수 있는 것도 바로 우리 엔지니어의 손을 거쳐야 가능한 일이지요. 비록 밤하늘 같은 존재로 일을 하고 있지만, 후배들이 어깨를 펴고 자긍심을 갖고 일하는 분위기가 되었으면 좋겠어요. (2021년 5월 25일)

유쾌하게 일하면 힘들지 않다

창밖으로 보이는 아침 풍경이 평화로워요. 초등학생들이 친구와 어울려서 종종걸음으로 학교를 가고 있어요. 느티나무의 녹색 잎들이 바람에 살랑거리며 춤을 추고요. 아파트 주차장에서 빠져나오는 자동차의 유리가 햇살에 반사되는가 싶다가 순식간에 사라져 버려요. 바쁜 마음이 속도로 표출되는 것 같아요. 경비실 옆 단풍나무 잎들은 제자리에서 온전히 햇볕을 받아내며 다채로움을 뽐내려고 애쓰네요. 아들은 거실 안에서 창밖을 향해서 앉아있어요. 라디오에서는 클래식 음악이 흐르고요. 익숙한 아나운서의 목소리가 편안하게 들리는 것은 내 마음이 안정되어 있다는 증거겠지요.

엄마도 편안하게 아침을 맞이하고 있겠죠. 어젯밤에 전화로 들었던 엄마 목소리로 미루어 짐작해 보네요. 지난주에 일을 그만둔 엄마가 불안해할까 봐 조금은 걱정이 됐거든요. 일을 안 하면 잠도 잘 오지 않는다고 했던 엄마였잖아요. 다행스럽게도 엄마는 미루어 두었던 다른 일들을 찾아서 움직이고 계셨네요. 안심이에요. 엄마의 일상이 안정되어 있으면 아들의 마음도 한시름 놓여요. 하루의 일상에 감사하는 마음이 들어요. 이번 주는 이상하리만치 더 즐겁고 유쾌했어요.

야근을 하다가 엄마와 통화를 했더니, 엄마는 아직도 회사에 있느냐며 놀라셨어요. 하지만 아들은 즐거웠어요. 왜냐고요? 많이 웃었거든요. 어깨를 들썩이며 큰 소리로 웃었어요. 저녁 8시부터 두 시간 동안 팝송을 생방송으로 내보내는 프로그램이었어요. 2부가 시작되고 청취자가 보내온 문자 사연을 아나운서가 읽었어요. 사연의 주인공이 학생이었나 봐요. 음악 시간에 가창 시험을 보았다는 내용을 소개하고는, 아나운서가 옛날에 자신도 고등학생 때 가창 시험을 본 기억이 난다면서 가곡을 읊조리기 시작했어요. 아들도 추억이 떠올랐지요.

그래서일까요? 이왕이면 아나운서가 부르는 가곡에 공간 감각을 더해주는 음향 효과를 넣어주고 싶었어요. 콘솔에 앉아있는 음향 감독의 단순하고 직감적인 생각이었어요. 순발력을 발휘하고 싶었달까요. 옆에 앉은 피디가 요구하지도 않았지만, 음향의 품질을 책임지는 감독으로서 아나운서의 노래에 잔향을 넣어주었어요. 순간적으로 무미건조하게 부르던 아나운서의 노래가 성악가의 음악처럼 입체적으로 들렸어요.

노래를 부르던 아나운서도 놀랐나 봐요. 피디와 작가도 화들짝 놀란 표정을 지으면서 손뼉을 쳤어요. 아나운서는 갑작스러운 상황에 부르던 노래를 그쳤고, 미리 언질도 주지 않고 에코 효과를 주면 어떻게 하느냐고 웃었어요. 그러고는 급하게 다음 음악을 소개했어요. 마이크가 내려진 것을 확인하고는, 나를 향해 웃으며 푸념 섞인 항의를 보냈어요. 스튜디오 밖 조정실에 있던 나와 피디에게는 당황스러워하며 쩔쩔매는 베테랑 아나운서의 모습이 얼마나 재미있

엄마, 밥 좀 천천히 드세요

었는지 몰라요. 마치 텔레비전에서 몰래카메라로 유명 연예인을 속인 뒤에 모두가 함께 파안대소하는 장면이 떠올랐어요.

생방송 분위기가 후끈 달아올랐어요. 우리의 웃음소리가 라디오 전파를 타고 수백 킬로미터 떨어진 장소의 청취자들에게도 전해졌나 봐요. 아나운서가 당황스러워하며 장난기 어린 목소리로 기술 감독에게 항의하는 장면이 청취자들에게도 웃음과 재미를 선사했던 거예요. 어느 분은 커피를 마시다가 웃음을 참지 못해서 뿜어냈다고도 했고요. 배꼽이 빠지게 웃다가 고정 청취자로 회원가입을 했대요. 옆에 있던 담당 피디도 프로그램이 마무리될 무렵에 한마디 했어요.

"오늘은 선배님이 열일하셨네요. 청취자 반응이 엄청나요."

그 일이 있었던 다음날이었어요. 화요일 저녁, 1부가 마무리되는 시점에 퀴즈를 내는 코너에서 또 재미있는 상황을 연출했어요. 이번에는 피디가 제안하더라고요. 오늘도 어제처럼 에코 효과를 부탁한다고요. 마찬가지로 아나운서에게는 미리 이야기를 하지 않은 상태였고요. 정말 몰래카메라처럼 상황이 전개되었어요. 이번에도 아나운서는 갑작스럽게 자신의 목소리가 메아리처럼 울리자 웃음을 참지 못했어요.

"아니 어제도 그러더니 오늘도 또 이렇게 갑자기 에코 효과를 주면 어떡해요."

우는 것인지 웃는 것인지 모를 아나운서의 멘트에 우리는 또 큰 소리로 웃었어요. 정말 즐겁고 행복한 일터였어요. 일을 하면서 이렇게 웃고 떠들며 음악을 들을 수 있다는 사실이 스스로 뿌듯하고 좋았어요. 회사의 입사 순서로 보자면 아나운서와 피디가 후배인 셈이지만, 우리는 함께 일하는 동료로서 각자의 일에 최선을 다했어요. 누가 억지로 어떤 연출을 하려고 애쓰지 않았지만, 자연스럽게 유쾌한 분위기가 만들어졌지요. 회사 생활이 날마다 즐거운 일상이라면 얼마나 좋을까요. 얼굴에 주름살도 생기지 않을 것 같아

　　　　　　　　　　　엄마, 밥 좀 천천히 드세요

요. 아니, 이미 생긴 주름살도 펴지고 하얗게 변한 새치도 다시 검어질 것 같은 기분이었어요. 밤 10시에 퇴근을 했지만 조금도 피곤하게 느껴지지 않았어요. 내일도 즐겁고 유쾌한 하루가 이어졌으면 좋겠어요.

엄마도 웃으며 살아요. 억지로라도 웃으면 행운이 찾아온다고 하니까요. (2021년 5월 26일)

모두가 울어도 절대 울면 안 되는 사람

엄마는 연속극을 보는 재미가 세상 사는 낙이라 했던가요. 아들은 텔레비전이 아니라 라디오 방송을 제작하는 일을 하고 있어요. 라디오 생방송 스튜디오에서 콘솔 앞에 앉아 진행자의 목소리와 가수의 노래가 깨끗하게 잘 방송되도록 애쓰고 있지요. 벌써 32년째 방송국에서 같은 일을 하고 있으니 누워서 떡 먹듯이 수월할 것 같지만, 그렇지 않더라고요. 생방송 현장에서는 잠깐 딴생각을 하면 사고가 나요. 1초라도 방심하면 안 돼요. 긴장을 늦출 수가 없어요.

이틀 전에도 진행 순서를 착각해서 음악을 잘못 튼 적이 있어요. 함께 일하는 피디가 깜짝 놀랐대요. 얼른 아나운서

엄마, 밥 좀 천천히 드세요

에게 마이크를 연결해서 크게 어색하진 않았어요. 방송 진행이 매끄럽게 마무리되지 않으면 퇴근하는 발길이 무겁더라고요. 물론 대부분의 시간은 웃으면서 일해요. 음악과 함께 일하는 것이 즐거워요. 친구들은 내가 제일 부럽다고 난리예요. 남들은 음악을 들으려고 비싼 돈 내고 공연장을 가는데, 나는 오히려 월급을 받으면서 좋은 음악을 듣고 있어요. 잘생기고 예쁜 아나운서와 노래 잘하는 가수들과 매일 같이 일하고 있으니 내가 부러울 만도 하지요.

또 가끔은 웃다가 울기도 해요. 생방송으로 청취자와 전화를 연결해서 노래를 배우는 시간이 있거든요. 맞아요. 엄마도 알고 있을 거예요. 옛날 점심 먹을 때쯤 라디오에 나오던 〈싱글벙글쇼〉라는 프로그램 알죠? 그 방송에서 출연하던 코미디언 김혜영 씨가 우리 방송국으로 옮겨왔어요. 〈김혜영과 함께〉라는 프로그램을 하고 있어요.

어제 그 프로그램에서 김혜영 씨도 울었고 나도 눈물이 났어요. 순천에 사는 아주머니 한 분이 전화로 노래를 했어요. 가수 송가인 씨가 부른 '엄마아리랑'을 노래방 반주에 맞춰서 불렀어요. 트로트 가수 박구윤 씨가 진행자 옆에 앉아서 청취자의 노래를 듣고 더 맛깔나게 잘 부르는 방법을 가르쳐 주는 코너였어요. 가수가 알려준 대로 노래 중간중간 한 구절씩 리듬을 타면서 다시 노래를 부르는 도중에 그만 전화 참여자분은 울음이 터졌어요. 노래 가사에 감정이 너무 몰입되었나 봐요. 그 순간 진행하던 김혜영 씨도 울컥했고요. 나도 두 눈에 눈물이 그렁그렁해지더라고요. 두 손으로는 콘솔 위에서 기기를 조작해서 마이크 소리와 노래방 반주 소리, 전화 소리를 비슷한 레벨로 맞춰야 하는데, 눈물이 고여서 흘러내리기 직전이었어요.

정말 난감했어요. 어린아이처럼 소매로 눈물을 닦아내기도 어색했고요. 그나마 눈물이 줄줄 흘러내리진 않고 그렁그렁 맺히기만 할 정도여서 다행이었지요. 다른 사람은 다 울어도 엔지니어는 정신을 차려야 해요. 감정을 조절하지 못하면 진행하는 피디의 신호를 보지 못해서 또 방송이 꼬이게 되거든요. 물론 기술 감독도 사람인지라 청취자 사연을 읽으면서 눈물을 흘리는 진행자의 목소리에 감동되어 울기도 해요. 그런 상황이 안타까워요. 우리 기술자들은 로

엄마, 밥 좀 천천히 드세요

봇처럼 일해야 하는 경우가 많아요. 슬픈 현실이지요.

어쨌든 어제는 순천에 사는 아주머니가 우리 감정을 톡 건드렸네요. 김혜영 씨도 엄마 생각이 나서 울컥했대요. 청취자는 노래를 잘 부르다가 "아들딸아 잘 되거라 밤낮으로 기도한다 엄마 아리랑 사랑하는 내 아가야 보고 싶다" 이 대목에서 목이 메여 잠겼어요. 서울에 사는 딸이 보고 싶어서 눈물이 났대요.

어제는 유난히도 엄마 생각이 더 났어요. 엄마가 보고 싶어서 저녁 식사를 하자마자 전화했지만, 통화하지 못했지요. 한 시간쯤 뒤에 엄마가 부재중 전화를 확인하고 전화를 주셨는데요. 이번에는 내가 생방송 도중이라서 몇 마디 하지 못하고 전화를 끊었어요. 그나마 노래가 방송되는 순간이라서 간단히나마 통화를 했네요. 가수가 라이브로 노래하는 상황에서 전화가 왔다면 받지도 못했을 거예요.

엄마, 이번 주말에는 꼭 내려갈게요. 엄마랑 저녁이라도 같이 먹고 싶어요. 토요일에 뵐게요. (2021년 3월 26일)

출퇴근길에 만나는 살구꽃과 벚꽃

연분홍 벚꽃 터널을 만들었던 거리가 연둣빛으로 변했습니다. 해마다 이맘때면 출퇴근하는 재미가 있어요. 점심시간에 여의도 공원을 산책하면서도 꽃이 핀 나무 앞에서 자꾸만 걸음을 멈춰요. 휴대전화를 꺼내고 가까이 다가가서 사진을 찍지요. 어느새 벚나무는 꽃잎을 모두 떨구었어요. 대신 철쭉꽃이 울긋불긋 꽃망울을 터뜨렸지요.

신기하고 경이로워요. 서로 먼저 봄소식을 전해주겠다고, 앞다투어 꽃을 피우다가도 적당한 시간이 지나면 다른 꽃들에 양보하고 있어요. 철쭉이 피고 느티나무와 은행나무가 연두색 잎을 세 살배기 어린애 손가락 크기만큼 내밀면 살구나무, 벚나무는 꽃잎을 떨구지요. 내가 주인공이라고 뽐내다가도 순서에 따라서 역할을 바꾸어요. 같은 장소에 있는 식물들은 그 순서를 꼭 지키더라고요. 탐욕에 찌든 인간은 호시탐탐 내가 더 잘났다고 우기며 양보를 모르지만, 꽃나무들은 달라요. 봄에 피는 꽃들에게 배우는 점이 많아요.

살구꽃과 벚꽃을 정확하게 구별하는 사람은 많지 않아요. 먼저 핀 살구꽃을 보고는 서울에도 벚꽃이 피었다면서 휴대전화로 사진을 찍어서 친구에게 전송하는 이도 있어요. 사진만으론 벚꽃인지 살구꽃인지 알 수 없거든요. 식물학자가 아니라면 누구도 구분하지 못할 것 같아요. 제가 본 꽃이 살구꽃이라는 사실은 꽃을 보고 판단한 것이 아닙니다. 작년 여름에 그 나무에서 떨어진 열매를 보았기 때문이에요. 꽃이 예쁘게 피었을 때는 그 나무 밑에서 사진을 찍으며 즐거워했지만, 인도에 떨어진 살구 열매는 지저분하다고 생각했겠지요. 어쩌면 지극히 짧은 시간일 수도 있는 1년인데요. 봄에 꽃을 즐기는 것을 떠나서 열매를 맺는 과정까지 지속적으로 지켜보는 사람이 몇 명이나 있을까요. 노랗게 익은 살구는 과일 가게에서만 살 수 있는 것으로 인식하고 있어서 그럴까요. 벚나무도 꽃은 기억하지만, 열매를 따 먹으려 하는 사람은 드물지요. 벚나무와 살구나무를 정확하게 구분할 줄 알려면, 오랜 시간 관심을 두고 관찰해야 할까 봐요.

최근에 고등학교 친구 한 명이 꽃이 핀 나무의 기둥 무늬를 보고 살구나무와 벚나무를 구분하는 방법을 알려주더라고요. 나무줄기의 무늬가 가로로 되어있고 윤기가 있는 나무는 벚나무일 확률이 높다고 하네요. 세로무늬로 투박한 껍질이 난 나무는 살구나무일 가능성이 크고요. 그 친구는 등산을 하면서 주의 깊게 나무를 관찰하다보니 터득하게 됐다고 자랑했어요. 박사 학위까지 받은 친구라 달라요. 관찰력과 탐구력이 뛰어나요. 그에게 배운 지식으로 동료들에게 저도 아는 척을 조금 했어요.

엄마, 시골에서 어린 시절을 보낸 나는 본능적으로 진달래와 철쭉을 구분할 줄 아는데요. 서울이 고향인 친구들은 그것도 헷갈린다고 해요. 대도시에서 아파트에만 살아온 사람들이 느끼는 감성과 농촌에서 농사일을 경험한 사람의 감성은 차이가 있어요. 어릴 땐 몰랐지만 머리카락이 희끗

엄마, 밥 좀 천천히 드세요

희끗해진 지금에 와서야 그런 것들이 보여요. 엄마가 왜 자꾸만 밭으로 나가서 일을 하고 싶어 하는지 이제야 조금씩 알게 되네요. 엄마는 칠순이 가까운 나이에 농촌에서 도시로 나왔지만, 마음은 항상 고향의 밭에 묻어두고 있었지요.

봄에 고구마를 심는 일은 엄마 혼자서 감당했고, 가을에 고구마 캐는 일은 아들, 딸, 며느리, 사위를 불러서 함께 하고 수확물을 나누었어요. 올해는 아들도 엄마와 함께 고구마 심는 일에 동참하려고 합니다. 꼭 함께 해요. 서울에 사는 아들보다도 대전에 살고 있는 딸과 사위가 엄마 일을 돕는 것은 더 잘 해왔어요. 오랜 세월 지켜보니 사위들이 참 착해요. 엄마를 위하는 마음이 아들보다 더 나은 것 같아서 부끄러워요. 착한 사위들에 뒤지지 않도록 아들도 엄마를 돕는 데 힘을 보태려고 해요. 엄마의 걱정을 조금이라도 덜어주려고 노력하는 아들이 될게요. 엄마의 남은 인생이 꽃길만 걷는 삶이 되도록 도와드릴게요. (2021년 4월 8일)

'책벌레'라는 별명

엄마, 요즘은 왜 자꾸 눈물이 나는지 모르겠어요. 돋보기 안경을 쓰고 책을 읽다 보면 어느 순간 두 눈이 침침해지면서 눈물이 고여요. 노안에다가 안구건조증이 겹쳐서 금방 피로를 느끼는가 봐요. 엄마가 물려준 건강한 눈 덕분에 안경을 쓰는 불편함을 모르고 자랐어요. 그러다 마흔 중반이 될 무렵에 노안이 왔어요. 아침에 일어나면 조간신문을 펼쳐서 읽는 버릇이 있었는데요. 어느 날 신문 글자가 흐릿하게 보이더라고요. 안과 진료를 받았더니 '노안'이라며 돋보기를 쓰라고 했어요. 책을 볼 때만 돋보기를 쓰는데 그것도 엄청나게 불편해요. 콧잔등에 걸친 안경은 왜 그렇게 무겁게 느껴지는지요. 안경점에서 가장 가벼운 것으로 구입한

엄마, 밥 좀 천천히 드세요

것인데도 소용없어요. 한 시간만 쓰고 있으면 귀와 콧잔등이 근질근질해요.

아, 한 가지 좋은 점도 있어요. 50대를 넘어서는 사소한 일에도 감정이 울컥해져서 눈물을 흘리는 경우가 잦더라고요. 텔레비전 뉴스에서 부모를 잃은 아이의 안타까운 사연이 소개되거나, 드라마에서 군에 입대하는 아들을 배웅하는 엄마의 모습이 보여도 눈에 그렁그렁 물이 고여요. 소설 속에 슬픈 장면을 묘사한 문장을 읽으면서도 한순간에 눈물이 주르륵 흘러요. 딸들이 쳐다볼까 봐, 손가락을 안경 밑으로 넣어 눈 주위를 비비면서 슬쩍 눈물을 닦아요. 집에서 딸들과 함께 있을 때는 그래도 괜찮아요. 이미 애들은 아빠가 눈물을 자주 흘린다는 것을 잘 알고 있으니까요.

"아빠, 또 울어?"라면서 휴지를 던져주는 딸이 얄미울 때가 있어요. 자기들은 시시덕거리며 울보 아빠를 놀리는 것 같아요. 한편으론 어색하고 창피할 수도 있지만, 딸들에게 아빠의 감정을 자연스럽게 보여주는 것도 나쁘진 않은 것 같더라고요. 문제는 회사에서 일을 하면서도 주책없이 흐르는 눈물이지요.

언젠가 방송에 김진호라는 젊은 가수가 출연했는데요. 라이브로 '가족사진'이라는 노래를 애잔하게 부르더라고요. 마이크를 든 두 손을 기도하듯 가지런히 모으고 노래를 불렀어요. 두 눈은 거의 감고 있어요. 검은 셔츠를 입은 가수가 토해내는 목소리의 울림이 스튜디오를 가득 채우고 있어요. 굵고 웅장한 그의 목소리는 파도가 되어 생방송 스튜디오를 흘러넘쳐요. 여의도에서 부르는 노래는 동시에 전국 각지의 방 안과 차 안으로까지 이어져요. 그 울림에 디제이도 울었고, 청취자들도 울었어요. 인터넷과 문자로 보내오는 청취자들의 반응에서도 모두 촉촉하게 눈가에 이슬이 맺혔대요. 결국은 나도 울었어요. 콘솔 위의 두 손을 번갈아가며 눈으로 가져가야 했어요. 음악을 누군가에게 전달하는 일을 하는 직업이다 보니, 점점 감정도 여려지는가 봐요. 또 이렇게 서툰 글이지만 날마다 엄마를 부르며 편지를 쓰는 일도 내 감정선을 가늘게 만들고 있어요. 무언가를 자세히 관찰해야 하고 사소한 사건을 보고도 깊이 생각하는 습관이 생겼어요. 글 쓰는 일 때문일지도 모르지만, 너무 예민해지는 것 같다는 말도 들어요. 곁에서 나를 지켜보는 어미 반응이 그래요. 하루 종일 일하고 퇴근해서 피곤할 텐데, 저녁을 먹자마자 바로 또 안경을 쓰고 책을 펴 드는 남편에게 한마디 던져요.

"적당히 하셔요. 피곤하면 좀 쉬면서 해요. 응? 책벌레 아저씨."

애들 엄마가 참 고마워요. 내가 하는 일을 걱정하면서도 항상 응원해 주거든요. '책벌레'라는 별명을 듣는 일이 처음엔 민망하고 어색했어요. 눈치도 보였어요. 정년퇴직을 앞둔 나이에 책을 읽고 뭔가를 쓰는 일에 빠져든 남자가 미웠을 테지요. 지금은 괜찮아요. 같이 사는 사람이 인정해 주니까 오히려 힘이 나요. 어떤 글을 쓰는지는 몰라요. 엄마에게 매일 편지를 쓰고 있는 줄도 모를 거예요. 엄마도 아들을 응원해 주실 거죠? (2021년 4월 9일)

함께 살아야 가족이죠

두 달 전이었을까요. 우리 부서 한 선배가 갑자기 명예퇴직을 했어요. 정년을 2년 앞둔 시점이었는데요. 회사에서는 정년 2년 전부터 임금 피크제를 시행하고 있어요. 쉽게 말하면 월급이 줄어드는 거예요. 정년이 만 58세에서 60세로 늘어나면서 이 제도가 도입되었어요. 직원 입장에서는 2년 더 일을 할 수 있고, 회사 입장에서는 적은 비용으로 노련한 종업원을 부려 먹을 수 있지요. 그가 갑자기 회사를 그만둔 이유가 궁금했어요. 2년을 더 일할 수 있는 조건을 과감하게 포기한 사정이 있을 것 같았거든요.

그는 '기러기 아빠'였어요. 아들 둘과 아내가 미국에서 생활하고 있어요. 두 아들을 미국으로 유학 보내면서 그는 가족과 떨어져서 혼자 살고 있었어요. 50대 후반의 남자가 혼자서 살림하며 회사 생활하는 일이 힘들었나 봐요. 나와 같이 일하지는 않아서 사정을 정확하게 몰랐었는데요. 그와 함께 일하는 동료가 그가 떠난 뒤에 사연을 이야기해 주었어요. 점심시간에 구내식당에서 자주 같은 식탁에 앉아서 식사했던 선배였어요. 밥을 엄청 빨리 먹는 습관이 있었지요. 나처럼 밀가루 음식을 좋아하고요. 식사 메뉴가 메밀국수나 잔치국수일 경우에는 배식하는 아주머니에게 부탁해서 양을 더 달라고 요청하기도 했어요. 점심 식사뿐만 아니라 아침과 저녁도 회사 구내식당에서 해결하고 있었대요.

　선배는 건강에 문제가 있었나 봐요. 당뇨가 심해서 병원에서 처방받은 약을 한 주먹씩 복용하고 있었대요. 아침에 출근하기 전에 그는 꼭 회사 앞 공원을 산책했어요. 점심시간에도 빨리 식사를 마치고 공원으로 나갔어요. 빨리 걷기 운동으로 체중 조절을 하려고 했던 거지요. 그가 소유한 모든 부동산은 이미 수년 전에 처분했고, 정년퇴직을 하면 미국으로 이민 갈 계획이었대요. 많이 외로웠을 것 같아요. 아내와 아들과 전화 통화는 자주 했겠지만, 같은 공간에 살고 있는 것과는 큰 차이가 있겠지요.

사정을 듣고 가족의 의미를 다시 생각하게 되었어요. 그는 무엇을 위해 두 아들을 미국으로 유학 보냈을까요. 아들을 뒷바라지하기 위해서 엄마도 미국으로 떠났을 터이고, 혼자 남아서 월급쟁이 생활을 했을 텐데요. 미국에서 공부한 아들은 아빠의 희생에 대해서 어떤 생각을 했을까 하는 의문이 생겼어요. 결국엔 자신의 건강마저 해치게 된 기러기 아빠의 심정은 또 어떨까요. 미국에서 공부해 출세하고 성공하는 의미는 어떤 것일까요. 명예퇴직을 선택하고 미국으로 떠난 그가 가족과 함께 생활하면서 건강을 되찾게 되길 바라요. 유능하고 똑똑한 분이니, 잘 해내시겠지요.

갑자기 회사를 그만둔 선배를 보면서 가족, 인생, 행복, 건강에 대해서 많은 생각을 했어요. 한때는 미국으로 자식을 유학 보낸 아빠를 부러워한 적도 있었는데요. 이제는 생각이 바뀌었어요. 집에서 아내가 챙겨주는 밥의 소중함을 깨닫게 되었어요. 한편으로는 미국 유학에 대한 막연한 동경심이 깨지는 것 같아요. 자식들이 원해서 가는 유학이라면 부모로서 당연히 지원을 해야겠지요. 하지만 부모의 욕망을 채우기 위한 방편으로 자식을 미국으로 보내는 것은 바보 같은 짓이란 생각이 들어요.

가족은 함께 살아야 가족이지요. 떨어져 살면 남과 다를 바 없어요. 침실에서 속옷 차림으로 눈곱도 떼지 않은 모습을 매일 아침에 볼 수 있는 사람들이 바로 가족이지요. 매일 화장도 하지 않은 맨얼굴을 마주하며, 건강에 이상이 있는지 없는지도 바로 알 수 있잖아요. 내 건강을 잃으면 온 세상을 다 잃어버리는 것이지요. 내가 건강해야 내 자식들과 가족도 보살펴 줄 수 있고요. 행복이 뭐 별것인가요. 건강하게 생활하면서 사랑하는 가족과 함께 하루를 살아가는 것이 행복이지요. 그렇게 가족의 의미를 되새겨 봅니다.

엄마가 혼자서 살고 있어서 늘 걱정이 돼요. 다행스럽게도 건강하게 일을 하시니까 감사할 따름이에요. 엄마, 건강하세요. 아들은 정년퇴직 후에 엄마 곁으로 갈게요. 약속해요. 조금만 기다려 주세요. (2021년 4월 29일)

눈물샘을 톡 건드리는 일들

어제는 참 이상한 하루였어요. 오후 2시, 생방송 프로그램에서 전화로 노래를 배우는 코너가 있거든요. 두 명의 참가자가 부른 노래가 모두 엄마와 관련이 있었어요. 한 분은 엄마가 생전에 좋아하던 노래를 부르겠다고 했고요. 또 한 분은 '엄마의 노래'란 제목의 가요를 전화로 불렀어요. 가수 금잔디 씨가 부른 노래인대요. 어느 방송의 트로트 경연 프로그램에서 어린 여자아이가 애절하게 부르는 것을 보고 감동받았다고 해요. 그때 돌아가신 엄마 생각이 나서 이 노래를 배워보고 싶다고 했어요. 이분은 노래를 정말 잘 부르는 분이었어요. 1절만 불렀지만, 생방송을 진행하던 김혜영 씨 눈에 눈물이 가득했어요. 천안에 사시는 분이었어요. 노래를 부르는 목소리가 듣는 사람의 감정을 건드리는 매력이 있더라고요. 나도 가슴이 먹먹해졌고요. 엄마가 생각났기 때문이겠지요.

엄마 생각을 하면서 눈물을 글썽인 적은 드물어요. 엄마는 아직 건강하게 일을 하고 계시니, 슬픈 감정이 잘 생기지 않거든요. 대신 나에겐 '아버지'란 단어가 눈물샘을 자극하는 치명적인 버튼이었어요. 저세상으로 떠난 아버지는 다시 만날 수 없는 분이기에 드라마 속에서 아버지와의 이별 장면이 나오면 주책없이 주르륵 눈물을 흘렸어요. 그런데 어제는 이상하게 전화로 방송에 참여한 청취자가 부르는 '엄마의 노래'를 들으면서 엄마가 고생하는 장면이 떠올랐어요. '오늘도 우리 엄마는 비가 내리는 날씨에도 불구하고 또 대파를 한 다발씩 묶고 있겠지……' 바로 그 순간이었어요. 울컥해지면서 눈앞이 침침해지더라고요.

밤늦은 시각에 거실에서 텔레비전을 보고 있을 때, 엄마의 전화를 받았어요. 평상시엔 엄마가 주무실 시간이었어요. 엄마는 고향 마을 이야기를 하셨고, 마지막엔 대파 농장 일을 그만두었다고 말했어요. 다행이에요. 비가 자주 오는 여름에 밭에서 일하려면 너무 힘이 들어 못 하겠다고 사장에게 말했다고요. 사장은 그동안의 일당에 추가로 20만 원을 더 얹어 주며, 고생한 엄마를 위로해 주었다고요.

최근에 들은 소식 중에서 가장 반갑고 기쁜 소식이었어요. 늘 엄마의 건강이 걱정되었거든요. 대파 묶는 작업을 하는 공간에서 마스크를 쓰고 일하는 엄마의 모습을 상상하면 마음이 울적했어요. 오죽하면 '엄마의 노래'를 듣고 눈물이 날 정도였을까요. 엄마도 이젠 팔순이 넘은 노인이잖아요. 아무리 건강하다고 해도, 나이를 이기는 사람은 없대요. 어쨌든지 다행이에요. 이제 집에서 쉬시면서 여유를 즐기세요. 고구마밭에도 너무 자주 다니시지 말고요. 가끔씩 생각날 때마다 천천히 둘러보세요.

엄마가 대파 농장에 나가지 않는다고 생각하니까 제 마음이 한시름 놓여요. 이제는 언제 어느 때라도 엄마 생각이 나면 전화를 할 수 있으니까요. 엄마는 한참 일에 열중할 때는 전화도 잘 받지 않았잖아요.

엄마, 밥 좀 천천히 드세요

"얼른 전화 끊어. 지금 바빠."

단 두 마디 말을 이제는 듣지 않아도 된다고 생각하니까 얼마나 좋은지 모르겠어요. 엄마는 이제 바쁘게 살지 마세요. 밥도 천천히 드시고요. 아들과 함께 즐길 수 있는 것들을 찾아봐요. 대파 농장 일을 그만두신 것은 정말 잘하셨어요. 아들과의 약속을 지켜주셔서 감사합니다. (2021년 5월 21일)

부담 대신 희망을 주고 싶어요

4

부담 대신 희망을

지난 금요일 밤에는 둘째가 눈물을 흘리며 대학원을 보내달라고 했어요. 대학을 졸업하자마자 작은 출판사에 취업했다고 자랑을 했었잖아요. 겨우 한 달을 채웠어요. 2월 1일 첫 출근을 하고서는 3월 5일에 퇴사했어요. 직원이 12명 정도 되는 작은 회사였는데요. 일하는 분위기와 상사의 태도가 고압적이었다네요. 주로 경제 관련 책을 출판하는 회사였어요.

둘째는 대학원에 진학해서 공부를 더 하고 싶대요. 대학 졸업 성적이 좋아서 교수가 언제든지 환영한다고 하네요. 저는 딸이 셋인 아빠로서 자녀의 대학원 학비까지 지원해

줄 수는 없다고 했어요. 셋에게 공평하게 대학 졸업까지만 경제적 책임을 져준다고 말했지요. 한 명에게 대학원 학비를 대주면, 다른 애가 만약에 '나도 대학원 갈 거야'라며 도와달라고 하면 어떻게 하나요. 이제 정년이 2년 6개월밖에 남지 않았는데요. 그랬더니 둘째는 이렇게 대답하네요.

"몰라. 이기적인 생각이지만, 난 지금 나만 생각하고 싶어. 회사 관두고 일주일 내내 대학원 진학 방법 알아보고 나서, 엄마 아빠에게 계속 얘기했잖아. 나, 대학원 가고 싶다고. 근데 왜 아무 말도 안 해주는 거야. 답답해 미치겠어."

친구들은 모두 자기 실력을 인정해 준대요. 교수도 인정해 주고요. 과제로 제출한 소설, 시, 비평문이 교수의 칭찬을 많이 받았다고 해요. 집에 와서도 칭찬받은 이야기를 자주 했어요.

내가 항상 딸의 실력을 과소평가하고 있다고 불만을 토로하네요. 어미와 저는 둘째가 대학을 졸업하고 안정된 직장에 취직하길 바라고 있었어요. 애는 직장 생활을 하기 싫대요. 정시에 출근했으면 정시에 퇴근을 해야 하는데, 아직 우리나라 회사 분위기는 그렇지 않거든요. 한 달 동안 다닌 회사에서도 퇴근 시간이 30분쯤 지나서 책상을 정리하면 이사가 딸애를 불러 업무를 지시했대요. 짜증이 났겠죠. 딸애는 내일 출근해서 하겠다고 대응했나 봐요. 학교에서는 인정받았는데, 회사에서는 학교에서 배운 상식에 어긋나는 일을 매일 겪어야 하는 현실이 암담했겠죠.

졸업 성적이 꽤나 좋았어요. 집에서는 낮에 잠을 많이 잤어요. 소설 쓴다고 밤새워 노트북을 두드렸으니까 낮에라도 잠을 자야 했겠지요. 그런 모습을 지켜봤던 나와 어미는 잔소리를 많이 했어요. 게으름도 적당히 피워야 한다고요. 대학원에 진학하고 나서 또 그런 생활 패턴을 유지할까 봐 걱정되었거든요. 낮과 밤이 뒤바뀐 생활은 너무 피곤하잖아요. 정상적인 생활이 아니라고 생각해요. 전업 작가들에게는 그런 생활이 지극히 정상적인 것일 수도 있겠지만요.

처음엔 차분하게 대화를 했어요. 그러다가 차츰 내 목소리가 커졌나 봐요.

엄마, 밥 좀 천천히 드세요

"네가 대학원 가고 싶은 마음을 드러낸 적은 있었어. 근데 꼭 가야겠으니 아빠보고 지원 좀 해달라고 얘기한 적은 없어."

"그만큼 얘기했으면 됐지. 어떻게 더 표현해야 해? 무릎이라도 꿇고 사정해야 해?"

"아빠, 네가 지나가는 말처럼 하는 걸로 들었어. 문예지 공모전에 출품할 소설도 쓴다고 했고, 어느 출판사에서 에세이 원고 청탁받은 것도 마무리해야 한다고 했잖아."

"그런 과정이 다 대학원 진학을 위한 스펙이지. 아빠 그것도 몰라."

"……."

엄마의 손녀들과 말싸움을 하다 보면 내 말문이 금방 막혀버려요. 특히, 둘째는 글도 잘 쓰지만 말도 논리적으로 쏘아대거든요. 전 말을 잘 못해요. 어릴 적부터 동네 어른들로부터 '말이 없는 애', '조용한 애'라는 소리를 들으며 컸던 영향일까요?

딸 셋을 둔 아빠의 입장에서는 대학원 학비까지 지원해

줄 생각을 못했다, 나도 퇴직을 앞두고 고민하다 보니 더 힘들다, 이런 말들을 했지만 모두 변명으로 들렸겠지요. 옆에서 듣고 있던 첫째가 거들더라고요.

"난 대학원 절대 안 갈 거야. 걱정하지 마."

막내딸도 한마디를 했어요.

"아빠 우리 세 자매의 우애를 너무 과소평가하고 있어. 지금이 중요하잖아. 나는 아직 대학 졸업하려면 멀었으니까. 걱정하지 마."

엄마, 결국 제가 졌어요. 울고불고 난리 치는 딸애의 요구에 굴복했어요. 대신 조건을 걸었어요.

"대학원 첫 입학금만 아빠가 지원할 거야. 대신 그 이후엔 네가 경제적인 독립을 해야 한다. 알바를 하든 취업을 하든 너 스스로 해결해야 해. 아빠가 정년퇴직하고 나서도 딸들 용돈을 줄 형편은 안 되니까."

　　　　　　　　　　　엄마, 밥 좀 천천히 드세요

다시 보니, 아빠로서 딸에게 이런 말까지 해야 했을까 싶은 생각이 들어요. 엄마는 나에게 이렇게 모진 말을 한 적이 없었죠. 새벽 2시까지 말다툼을 하다가 잠들 무렵에 막내가 침대 옆으로 다가오더니 이런 말을 하네요.

"소설 쓰고 시 쓰는 딸과 음악 하는 딸의 감수성이 공대 졸업하고 한 회사만 다닌 아빠하고 달라서 그래."

기특한 생각을 하고 있어요. 어떤 때는 아빠인 나보다 더 대견해요. 잠을 제대로 잘 수가 없었어요. 다음 날엔 종일 머리가 띵하니 아팠어요. 대학원에 진학한다면서 부모에게 학비 지원을 요구하는 자식이 걱정이 되거든요. 단호한 입장 정리가 필요하다고 생각해서 조건을 내걸고 허락했지만, 마음이 아팠어요. 자립심이 강한 사회인으로 성장하길 바라는 마음이 컸거든요. 알았다고 대답은 했어요. 대학원 졸업하기 전에 작가로 등단해서 돈도 벌 거래요. 믿어봐야죠. 대학 때 주간지에서 공모한 문학상 대상도 받았고, 그 외에도 여러 공모전에서 수상했었으니까 확실히 재능은 있어요. 한편으로는 제 기대가 너무 컸었나 봐요. 애들에게 부담을 많이 줬던 것 같아요.

엄마, 부모 노릇이 이렇게 힘든 줄 미처 몰랐어요.

딸들과 살갑게 지내고 싶은데, 감정을 잘 표현하지 않는 남자로 살아왔던 세월이 길다 보니 쉽지 않아요. 굳은 표정의 아빠 얼굴을 보고 자란 아이들이 애교가 많을 수도 없고요. 애들이 어릴 적엔 가족회의도 하면서 화기애애한 분위기를 만들어 보려고 노력했었어요. 잘 모르겠어요. 어떻게 해야 아이들 교육을 잘하는 건지요.

조만간 둘째에게도 편지를 써보려고 해요. 말로 다 하지 못한 이야기를 차분하게 글로 써서 카톡으로 보내려고요. 화해할 거예요. 당부도 해야지요. 그래도 부담감보다는 희망을 주고 싶어요.

아들이 투정을 길게 늘어놓았네요. 엄마에게 넋두리하고 나니 답답했던 가슴이 조금 풀려요. 그냥, "엄마"라고 부르기만 해도 마음이 푸근해지네요. (2021년 3월 14일)

법으로 정해진 최저임금

엄마, 조치원에도 봄꽃이 피었겠지요? 점심시간에 여의도 공원 산책길을 걸었습니다. 벚나무 꽃망울은 부풀어 올랐고 매화, 산수유, 진달래가 활짝 피었습니다. 휴대전화를 꺼내서 꽃을 촬영했어요. 전에는 이렇게 아름다운 꽃을 사진으로 찍으면 기분이 좋았지요. 오늘은 달랐어요. 가슴 속에 무언가 답답한 기운이 남아있었어요.

어제 둘째가 밀린 월급을 받았대요. 3월 5일 퇴사를 했지만, 2월 급여를 받지 못했어요. 통장에 입금된 금액이 1,215,657원이래요. 계약서에는 연봉 2,400만 원, 월 200만 원이었는데요. 법으로 정해진 최저임금에도 못 미치는 금액이에요. 급여 명세서를 요청했더니 퇴사자에게는 명세서가 없다고 했대요. 급여가 어떻게 계산되었는지 내용을 알려달라 했더니, 수습 기간에는 급여의 80%를 주고 2월 1일부터 퇴사 일까지 근무한 일수 22일을 일할 계산한 내역을 문자로 보냈다네요. 말문이 막혔어요. 계약서엔 월급을 주기로 해놓고 퇴사를 하고 나니까 일당 계약직 취급하다니요.

분노가 치밀어 올라왔어요. 도저히 그냥 지켜보기만 할 수는 없었어요. 참기 힘들었어요. 인터넷으로 출판사 이름을 검색해서 전화했어요.

'퇴사한 직원의 아빠다. 회사 대표와 통화를 하고 싶다. 입금해 준 급여 내역을 이해할 수 없다. 최저임금에도 모자란 금액이다. 계약서 내용과 다르게 월급을 지급한 이유를 알고 싶다. 만약 합당한 해명을 듣지 못하면 고용노동부에 신고하고 법원에 고소까지 고려 중이다.' 이렇게 하고 싶은 말을 전했지요.

전화를 받은 직원은 대표와 이사가 외근 중이라고 했어

요. 오후에 다시 전화하라고 하더군요. 알겠다고 하고 내가 전화한 이유를 대표에게 정확하게 전달해 달라고 부탁했어요. 아니 반쯤은 협박 어조였어요. 처음에는 차분하게 말을 했다가 차츰 감정이 격해졌거든요. 어느 순간에 내 목소리가 커졌나 봐요. 점심 직전, 11시 40분쯤에 출판사 이사에게서 전화가 왔어요.

"원하시는 게 뭔가요?"

같은 말을 되풀이하다 보니 열이 올라오더라고요. 거울을 보니 어느새 얼굴 전체가 붉어졌어요. 저는 법적으로 해결하고 싶다고 말했어요. 급여 내역에 대한 해명도 요구했고요. 분명하게 말하지만 노무사의 협조를 얻어서 신고하고 고발할 작정이라는 말도 덧붙였지요.

그랬더니 점심시간이 지나서 다시 전화가 왔어요. 제 딸과 통화를 하고 싶다네요. '딸애도 미성년자가 아니다. 아버님과 통화를 하는 게 부담스럽다. 사회초년생이라고 너무 무시하지 마시라. 법적으로 해결하는 것도 좋지만, 먼저 당사자 간에 원활한 합의를 하는 것이 더 좋지 않겠냐' 하고요. 저는 더 원하는 것은 없으며, 계약서대로 급여를 지급해 줄 용의가 있다면 딸애와 통화를 하도록 연락하겠다고 말했어요.

출판사 이사라는 직함을 가진 여자는 딸에게 협박성 문자를 전송했어요.

'출판계가 좁은 구석이다. 좋지 않은 소문이 나면 나중에 다른 출판사에 취업하기 어려울 거다'라는 내용이었죠. 참 나쁜 사람이에요. 신고와 고소를 하겠다는 전화를 받고 나서야 계약서를 다시 보고 급여 계산을 하는 회사가 책을 출판하는 곳이라니. 한심스러워요. 고등학교 친구 중에 노무사가 있어서, 다급한 마음에 전화로 상담을 했어요. 최저임금을 주지 않는 회사는 신고하면 사업주가 처벌받는다고 해요.

우울한 하루였어요. 분홍빛을 뿜내는 진달래꽃을 보고도 화가 풀어지지 않았어요. 불과 하루 만에 달라질 내용이었어요. 왜, 그 회사 사장은 사회 초년생에게 그렇게 정의롭지 못한 경험을 하도록 했을까요. 만약에 우리가 법에 무지하고 순진무구해서 아무런 대처도 하지 않았다면, 그들은 떼어먹은 임금으로 회식이라도 했을까요.

성인이 된 딸애가 다니던 회사에 아버지 자격으로 전화를 하는 일이 바람직하지 않다는 생각은 들어요. 둘째도 왜 아빠가 회사로 전화했느냐고 불평했어요. 하지만 그냥 지켜만 보기엔 속에서 울화가 치밀어 올라와 어쩔 수 없었어요. 가능한 한 빨리 둘째가 이 상황에서 벗어났으면 좋겠다는 생각이 들었어요. 퇴근을 하면서 딸에게 문자를 했어요.

"미안해. 대학원 지원도 일찍 결정하지 못해서 미안했어. 아빠가 이기적이라서 그런 것 같아."

그랬더니 딸애에게 고맙다고 답장이 왔네요.

엄마, 제가 대학 2학년 1학기 수업료 납부 마감일 때문에 투정을 부렸을 때 많이 속상하셨죠? 한여름에 밭을 매고 있던 옷차림으로 대학교 중앙도서관 앞까지 달려온 엄마의 모습이 지금도 눈에 선해요. 아들이 대학 다니는 것이 무슨 큰 벼슬도 아닐 텐데요. 엄마는 큰아들 눈치를 보며 안절부절못하고 수업료 봉투를 내밀었어요. 죄송해요. 요즘 제가 반성문을 자주 쓰네요. 갑자기 엄마에게 옛날이야기를 듣고 싶어졌어요. 내일은 엄마 목소리를 듣고 나서 편지 써볼게요. (2021년 3월 16일)

엄마, 밥 좀 천천히 드세요

큰아들의 가출

아들은 착하다는 말을 자주 들었어요. 말수도 적고, 집에서는 엄마 말씀 잘 듣고, 학교에선 선생님이 내준 숙제를 잘하는 아이였어요. 공부도 제법 했어요. 고등학교를 마치고 대전에 있는 국립대학교에 입학하여 동네 사람들의 부러움을 샀지요. 그런 아들도 엄마의 속을 썩인 적이 있었어요. 세월이 많이 흘렀지만, 그 장면은 선명하게 기억나요. 마치 영화관 필름처럼 머릿속에 새겨져 있어요.

대학 2학년을 마치고 휴학했을 때였어요. 입대를 기다리며 고향집에서 아버지와 엄마 일을 돕고 있었죠. 아마도 아들의 인생에서 가장 농사일을 많이 한 해였을 거예요. 모내

기부터 논에 잡초 제거를 위한 논매기와 병충해를 막기 위한 농약 살포까지, 여름 한철이 고스란히 지날 때까지 일했어요. 얼굴은 까맣게 탔지만, 마음은 뿌듯했지요. 평소 엄마 말을 잘 듣다가도 농사일이 바쁘니 일손 좀 보태라고 할 때면, 공부한다는 핑계로 요리조리 빠져나갔던 아들이 그해에는 솔선수범해서 지게도 지고 농약 통도 멨어요. 농사꾼의 아들 노릇을 제대로 한다고 자부하고 있었던 시절이에요. 문제는 노력하는 자신에 비해, 일탈만 일삼는 아버지의 모습이 점점 눈에 거슬러 보이기 시작했다는 점이었지요.

아버지의 일과는 막걸리 한 주전자를 사놓는 일부터 시작되었어요. 아들과 함께 담배밭에 제초제를 뿌리다가도 아버지는 막걸리를 마시고 금방 취해서 어디론가 사라졌어요. 저녁 식사 시간이 지나고 밤이 될 때까지 아버지는 집에 오지 않았고, 엄마는 혼자서 가슴속에 쌓인 울분을 토해내기 시작했죠. 아버지가 밤늦은 시간이 되어서야 돌아오면 엄마는 아버지에게 잔소리를 퍼부었어요. 밤새도록 엄마와 아버지의 말다툼을 듣는 날이 일주일에 대여섯 번도 넘었으니까, 거의 매일 그랬던 것 같아요.

엄마, 밥 좀 천천히 드세요

어느 날엔 아버지가 다음 날 아침까지 숙취에서 깨어나지 못하고 윗방 구석에서 이불을 뒤집어쓰고 누워있었어요. 지금에 와서 생각해 보면, 그런 일들은 1980년대 산골 농촌 마을 남정네들의 고질병이었을지도 몰라요. 하지만 사춘기를 지나 군대 입영 날짜를 받은 청년이 보기에는 아버지의 그런 행위가 영 눈엣가시처럼 보였어요. 그날도 아버지는 점심때부터 술에 취해서 혀가 꼬부라졌어요. 엄마는 오전 내내 밭고랑에 무성하게 자란 잡초를 호미로 매고 왔어요. 머리에 수건을 둘러썼지만, 얼굴은 온통 흙투성이였고요. 아버지는 마루에도 제대로 올라서 앉지 못하고 비틀거렸어요. 엄마의 잔소리와 아버지의 혀가 꼬부라져 구시렁거리는 목소리가 집 안에 가득 찼어요.

연일 계속되는 두 분의 아귀다툼에 질려버린 아들의 스트레스가 한계치를 넘어서고 있었나 봐요. 스물셋 청년의 분노는 부글부글 끓어올라 활화산처럼 터졌어요. 분화구에서 흘러내리는 용암은 인간의 힘으로는 도저히 식힐 도리가 없었지요. 폭발한 아들은 수돗가에 놓여있던 찬물이 가득 채워진 양동이를 들고는 마룻바닥에 쓰러져 있는 아버지에게 뛰어갔어요. 미처 엄마가 말릴 새도 없이 아들은 아버지에게 양동이에 가득 찬 물을 쏟아부으며 외쳤어요.

"아부지이, 제발 정신 좀 차려요!"

아들은 목이 터지게 소리쳤고 두 발을 동동 굴렀지요. 순식간에 벌어진 일이라서 엄마도 어쩔 줄을 몰라서 멍하니 바라보고만 있었을 거예요. 아들은 안방으로 들어가서 장롱 속에 있던 돈다발 하나를 집어 들고 도망쳤어요. 그렇게 뛰쳐나온 아들은 대전으로 나가 대학 친구의 자취방으로 갔어요. 양말도 신지 않은 맨발에 흰 고무신을 신은 채였죠. 그 친구와 함께 대전에서 부산으로 가는 비둘기호 야간 기차를 탔어요. 기차 객실과 객실을 연결한 탑승구 계단에 앉아서 별의별 생각을 다 했어요. 기차가 강을 건너는 다리를 지나면서는 그냥 뛰어내리고 싶은 충동도 일었어요. 친구가 옆에서 잡아주지 않았다면, 무슨 행동을 했을지 몰라요. 아무런 계획도 없이 해운대 바닷가를 걷다가 다시 기차를 타고 집으로 돌아갔어요. 그때 친구와 무슨 이야기를 나누었는지는 기억나지 않아요.

1박 2일간의 가출을 하고 돌아온 아들을 바라본 엄마는 아무 말도 하지 않았어요. 그저 아들 손을 잡고는 아버지 앞으로 데리고 가서 잘못했다고 용서를 빌라고 했어요. 아들은 아버지 앞에 무릎을 꿇고 용서를 빌었지요. 그 일로 아버지의 술주정이 현격히 줄어든다든가 하지는 않았지만, 엄마는 큰 충격을 받았던 것 같아요. 아들의 눈치를 보는 일이 잦아진 것도 아마 그 사건 이후가 아닌가 싶어요.

　　엄마, 죄송해요. 아픈 과거를 떠올리게 해서 엄마를 힘들게 했나요? 그때 엄마는 얼마나 당황스러웠을까요. 아들이 엄마를 실망시킨 가장 큰 사건은 어떤 것인지 궁금했어요. 내 기억으로는 이 일이 제일 컸던 것 같아요. 항상 어리고 착하기만 한 아들이라고 믿었을 텐데요. 그날 아버지에게 무릎 꿇고 용서를 빌었지만, 속으로는 엄마에게 가장 미안했어요. 엄마, 늦었지만 용서해 주세요. 아들은 엄마를 세상에서 제일 존경해요. 또 많이 사랑하고요. 아들 마음을 엄마도 아시죠? (2021년 4월 12일)

동생과의 주먹다짐

엄마를 기쁘게 하는 글을 쓰고 싶었어요. 아들이 쓴 편지를 읽고 환한 미소를 지으며 웃는 엄마 얼굴을 떠올리곤 했어요. 엄마와 함께 재미있고 즐겁게 보냈던 추억을 소환하며 글을 쓸 생각이었어요. 그런데 이상하네요. 자꾸만 다른 이야기를 하게 돼요.

중학교를 졸업한 이후에는 방학 때나 휴일 때만 고향집에 들렀던 아들의 기억은 초라해요. 왜 그런지 모르지만, 엄마와의 생활에서 기분 좋은 일, 즐겁고 행복했던 일은 다 잊어버렸나 봐요. 꾸중 듣고 혼나던 일도 많지는 않았던 것 같은데요.

엄마, 밥 좀 천천히 드세요

아버지가 돌아가신 이후에는 엄마에게 용돈을 받는 일이 제일 미안했어요. 군대에서 제대하고 나서도 아직 대학을 졸업하려면 2년이 남은 상황이었어요. 대학을 포기하면 아버지가 남겨놓은 논과 밭을 일구며 농사를 지어야 했는데요. 아시죠? 제가 농사일에는 흥미가 없었다는 걸. 그때는 공과대학을 졸업하면 취업하기 쉽다고 했어요. 1980년대 중반이었으니까요. 지금 생각해도 틀림없는 말이었어요. 우리나라 경제가 한창 도약할 때였잖아요. 장남으로서 엄마를 도와 농사일을 하며 동생들 뒷바라지를 하는 선택을 했어도 괜찮았을 텐데요. 맏아들의 선택은 늘 그렇듯이 이기적이었어요. 엄마의 희생을 더 요구했지요. 2년만 참고 도와달라고요. 대학 수업료가 큰 부담이었지만, 큰아들의 대학 졸업장을 위해서 빚이라도 내달라고 엄마에게 부탁했어요.

그날도 제 대학 수업료 때문에 엄마랑 이런저런 이야기를 하고 있을 때였던가요. 남동생이 옆에서 한마디를 했어요.

"형이 대학에 가서 우리 집이 힘들어. 결국은 아버지도 형 때문에 일찍 돌아가신 거야. 형만 대학에 안 갔으면……."

그 말을 듣는 당시의 나는 참을성이라고는 눈곱만큼도 없는 피 끓는 청년이었어요.

"뭐라고? 너 이 자식, 나 들으라고 하는 말이야?"

말싸움은 곧 주먹다짐으로 이어졌어요. 엄마가 빤히 보는 앞에서요. 서로 주먹을 날렸고, 멱살을 잡고 밀치다가 결국엔 피를 보았지요. 네 살 차이가 났지만 고등학교를 졸업한 동생의 완력도 대단했나 봐요. 피를 본 사람은 동생이 아니라 저였어요. 콧잔등 위쪽이 째져, 피가 많이 흘렀어요. 피를 보고 나서야 우린 주먹다짐을 멈췄고, 엄마는 두 아들의 어깨를 때리면서 뭐 하는 짓이냐고 우셨어요.

그날은 월요일 아침이었어요. 오후 수업을 들으려면 옥천에서 버스로 대전에 가야 했어요. 집에서도 옥천 읍내로 나오는 버스를 타야 했고요. 읍내까지 나와 수건으로 얼굴을 감싼 채 콧등을 누르고 왔지만, 소용없었어요. 읍내 약국으로 가서 붕대와 반창고를 사서 겨우 지혈을 했어요. 약사는 병원을 가야 한다고 했지만, 몸도 마음도 피폐해진 상황

엄마, 밥 좀 천천히 드세요

에서 병원에 가고 싶은 생각이 들지 않더라고요.

당시는 공과대학 실험실 구석에서 숙식을 해결하던 때였 잖아요. 갑자기 콧잔등에 붕대를 붙이고 나타난 나에게 친 구들은 무슨 일이 있었냐고 물었지요. 나는 그날 오후 수업 을 포기했어요. 한 친구가 내 얼굴을 보더니, 피가 계속 나 는 것 같다며 대학교 의무실로 데려갔어요. 그날 의무실 담 당 의사가 상처를 확인했고, 상처가 깊어서 꿰매야 한다며 병원으로 가라 했지만, 난 여기서 꿰매달라고 부탁했어요. 병원에 갈 형편이 아니라고 우겼죠. 마음씨 좋은 의사 선생 님이었어요. 응급처치로 꿰맨 상처를 사나흘 지켜보자고 했 어요. 다행히 그렇게 상처는 아물었어요. 일주일이었는지 열흘이 지났는지 정확하게 기억할 수는 없지만, 한동안 학 교에서 콧잔등에 하얀 붕대를 붙이고 다녔어요. 내가 왜 대 학에 다니고 있는지 회의감이 들었어요. 동생 말대로 내가 대학을 포기하면 당장의 수업료 부담은 줄어들겠지요. 하지 만 그렇게 되면 지난 몇 년 동안 나 때문에 지출한 교육비는 모두 무용지물이 되는 셈이잖아요. 수없이 많이 고민해 봐 도 결국엔 원점으로 되돌아올 수밖에 없었어요.

지금에 와서 돌이켜보면, 두 아들이 드잡이하며 몸싸움을 하다가 피를 흘린 사건은 엄마의 인생에서 가장 속이 쓰리고 마음이 아픈 기억이 아닐까요. 참으로 못난 아들들이었어요. 후회스러운 장면이에요. 형을 원망스럽게 쳐다보던 그 동생이 나중에 사과를 했어요. 지난 일이었으니까 나도 동생 어깨를 안아줬지요. 하지만 그 녀석마저 먼저 저 세상으로 떠나고 말았으니, 엄마 맘이 더 아플 것 같네요. 엄마는 큰아들보다 대학에 가지 않은 둘째에게 더 마음이 쓰였을 테지요.

못다 한 장남 노릇을 제대로 해야 할 텐데요. 그래서 아들의 인생 후반기는 엄마와 함께하려고 해요. 더 늦기 전에 엄마와 좋은 추억을 만들어 봐야지요. 먼저 간 동생 몫까지 큰아들이 재롱을 피워볼게요. 둘째가 나보다는 말주변이 좋았는데요. 오늘따라 동생 얼굴이 더 생각나네요. 엄마의 아픈 가슴을 더 쑤신 것은 아닌지 모르겠어요. 이렇게 옛날이야기를 쓰다 보니 또 울컥하네요. (2021년 4월 17일)

엄마 몰래 온 가족 여행

엄마, 아들은 지금 전라북도 부안군 변산 해안가에 위치한 모항 해나루 가족호텔에 와있어요. 딸애들 셋과 함께 여행 중이에요. 차를 타고 서해안 해변 길을 내려오니 산자락에 보라색 등나무꽃이 활짝 피었더라고요. 딸들은 처음 보는 꽃이라고 하네요. 아마도 산에 핀 것을 처음 보았을 테지요. 학교 운동장 구석이나 공원 한쪽에 심어진 등나무를 보지 못했을 리는 없어요. 맞아요. 우리 아파트 단지 안에도 등나무꽃을 볼 수 있는 걸요. 단지 바다가 내려다보이는 산자락에 지천으로 피어난 보라색 등나무꽃이 서울 도심지 공원에 있는 바로 그 등나무와 같은 식물이라는 사실이 믿기지 않았을 거예요.

그러고 보니 이맘때쯤 가족 여행을 한 기억이 없네요. 딸애들이 학교를 다녔다면, 매년 4월 말은 중간고사를 준비할 때였거든요. 올해 2월에 둘째가 대학을 졸업했고 막내는 휴학 중이라서 제가 휴가를 냈어요. 물론 우리 집 장녀도 하루 휴가를 신청했고요. 엄마도 함께 모셔 왔으면 더 좋았을 텐데, 참 아쉬워요. 어제저녁에 횟집에서 식사를 하는데요. 할머니 한 분을 업고 오시는 분이 있었어요. 식당이 2층에 있었거든요. 계단을 올라오기 어려워 보이는 할머니를 식당 종업원이 업고 모셔 오더라고요. 그 광경을 보니 엄마 생각이 났어요. 저는 후회하고 반성만 하는 존재인가 봐요.

굳이 변명을 하자면, 이번 여행은 두 달 전에 우리 가족 다섯 명이 서로의 일정을 미리 조정해서 올 수 있었던 거예요. 엄마가 오늘 옥천으로 가서 고구마를 심을 예정이라는 사실은 지난 주말에 알았고요. 그래서 엄마에겐 말씀도 못 드리고 서울 사는 큰아들 가족만 몰래 여행하게 되었어요. 호텔 방에서 하룻밤을 자고 일어나 아침 시간에 이 글을 쓰고 있어요. 엄마는 지금 이 시각에 고구마밭에 나갈 준비를 하고 있겠죠? 어젯밤에 전화 통화를 하면서 엄마는 걱정하지 말라고 했어요. 대전 사는 두 딸과 사위가 와서 거들면 금방 끝난다고요. 작년에 고구마 모종 심는 작업을 생각해 보면 오후 4시까지는 허리를 펴지 못할 것 같던데……. 내년엔 아들도 고구마 심는 작업에 꼭 참여할게요.

　엄마 몰래 우리끼리만 여행 와서 정말 미안해요. 다음에는 엄마도 함께 와요. 호텔 거실에서 내려다보는 바다 풍경이 참 좋아요. 파도 소리도 들리고 물고기를 잡는 고깃배도 보여요. 날씨가 좀 흐리지만 여행을 즐기기는 충분하고요. 아침엔 산책을 다녀왔어요. 카메라로 바다 풍경 사진을 찍었어요. 모항해수욕장 모래사장 위에서 두 연인이 사진을 찍고 있네요. 풍경도 아름답지만, 그 넓은 해변을 배경으로 사진을 찍는 연인의 모습도 예뻐 보여요. 아직 딸애들은 잠에서 깨어나지 않았어요. 호텔 객실에서 누워 자는 딸애들 모습이 참 편안해 보여요. 창밖으로 보이는 바다 물결도 싱그럽게 빛나고 있어요. 갈매기는 고깃배 위를 한가롭게 날아다니며 어부를 호위하고 있네요. (2021년 5월 1일)

선유도와 내소사 산책

엄마, 어제 우리 가족의 여행 첫날 일정을 이야기해 드릴게요. 숙녀 셋과 아줌마 한 명이 외출을 준비하는 데 걸리는 시간은 생각보다 훨씬 길어요. 호텔 방을 나오며 시계를 확인해 보니 11시 반이 넘었어요. 승용차들로 가득 찼던 지하 주차장이 텅 비었죠. 우리가 제일 게으른 여행객이라고 한마디 던졌더니, 딸애들이 웃으면서 받아요. 여행에서는 늦잠을 즐기면서 다녀도 좋다고요. 여행하면서까지 시간에 쫓길 필요는 없다고 하네요. 아이들 생각이 현명한 것이겠죠. 항상 바쁘게 살아가는 일상을 벗어나서 낯선 곳으로 여행을 왔으면, 천천히 움직이는 법을 터득해야 하겠지요. 그래서 서두르지 않고 여행 일정도 느긋하게 잡았어요. 목적지도 선유도 해안 도로를 차로 구경하고 내소사로 가는 코스로 잡았어요.

모항 해나루 가족호텔에서 선유도로 가는 길을 내비게이션이 안내해 주네요. 새만금 방조제를 지나는데, 이정표에 신시도가 보였어요. 2013년에 신시도에서 등산했던 기억이 나는지 확인했더니, 아이들은 잘 생각이 안 난대요. 8년 전에 여행했던 곳을 다시 찾아보는 재미도 새롭네요. 내비게이션 목적지를 몽돌해수욕장으로 했는데요. 선유도해수욕장을 벗어나면서부터는 해안도로가 시멘트로 포장은 되어 있었지만, 길은 울퉁불퉁 험했어요. 차에서 잠시 내려 포토존에서 내려다보는 풍경은 무척 아름다웠어요. 마침 썰물 때라서, 바닷물이 빠져나간 갯벌에서는 여행객들이 조개를 캐고 있네요. 바닷바람이 거세게 불었어요. 간신히 목적지인 몽돌해수욕장에 도착했지만, 우리는 몸이 날아갈 듯이 센 바람에 놀랐어요. 몽돌해수욕장은 귀엽다는 표현이 가장 적절할 만큼 작은 해변이었어요.

전망 좋은 카페를 찾아가 따뜻한 커피를 한 잔 마시고는 내소사로 가면서 칼국수로 점심을 해결했어요. 선유도, 장유도, 신시도, 또 이름 모르는 작은 섬들을 자동차로 달리는 기분이 썩 좋지만은 않았어요. 섬과 섬을 다리로 이어놓아서 사람들이 편하게 차를 타고 구경하게 되었지만, 다리를 건설하고 도로를 만드느라 산등성이를 깎아 낸 흔적을 보면서 자연경관이 많이 훼손되었다는 생각도 들었거든요. 배를 타고 여행할 수 있었던 섬을 승용차로 달릴 수 있다는 사실이 편해서 좋았지만, 반 토막으로 잘려버린 산을 지나면서는 마음이 아팠어요.

칼국수를 먹으면서 8년 전 추억을 소환했어요. 휴대전화로 온라인 드라이브를 검색했더니, 사진이 나왔어요. 큰애가 대학교 1학년, 둘째가 고등학교 2학년, 막내가 중학교 1학년 때였네요. 특히 막내는 어린 티가 많이 나서 사진을 보면서 한참을 웃었어요.

내소사 안에는 1천 년을 버티고 살아온 느티나무가 있어요. 바람이 차갑게 불었고 구름 사이로 잠깐씩 얼굴을 내비치는 해님 덕분에 나뭇잎들이 연두색 빛을 발산하고 있었어요. 목조 사찰의 아름다움을 감상하면서 여행객들은 사진을 찍느라 정신이 없네요. 우리도 멋진 포즈를 취하면서 사진을 찍었어요. 내소사를 나오면서는 전통차를 판매하는 카페에 들러서 따뜻한 차를 마시며 찬바람으로 움츠러들었던 몸을 녹였어요.

저녁에는 고창 선운사 입구까지 내려가서 장어구이를 먹었어요. 여행의 재미에는 맛있는 음식을 먹는 일도 빠질 수가 없어요. 곰소항에 들러서 젓갈과 꽃게장도 샀어요. 고등학교 동창이 잘 아는 가게를 소개해 주었지요. 그 가게 주인과 이야기를 나누다 보니 친정이 서산이라고 하더군요. 애들 엄마는 그녀와 한참을 수다 떨었네요. 낯선 여행지에서 만난 고향 사람이 반갑다면서 웃음꽃을 피웠어요. 유쾌하고 즐거운 하루였어요. 엄마, 우리만 놀러 와서 미안해요. 가을엔 꼭 함께 여행해요. 오늘은 서울로 올라가면서 부여에 잠깐 들러보려고 해요. (2021년 5월 2일)

부여 궁남지 연꽃

여행의 마지막은 늘 아쉬움이 남는 것 같아요. 호텔을 나와 곧바로 서울로 향하기가 아쉬웠어요. 변산의 아름다운 해안 풍경에 미련이 남기도 했지만, 어차피 점심을 해결하려면 중간에 쉬어야 할 테니까요. 서울에서 여행을 떠날 때부터 숙소만 정해졌고 다른 일정은 식구들의 의견을 들어가면서 결정했어요. 어제도 호텔을 나와 주변 해안가를 산책하며 다음 목적지를 상의했지요. 선운사를 들러볼까도 생각했지만, 서울로 가는 길목이 아니고 반대로 더 멀어지는 곳이라서 제외했고요. 대신 부여를 선택했어요. 정림사지를 가자고 했더니, 절터만 남아있어서 볼거리가 마땅하지 않다고 하네요. 또 부여박물관도 검색해 보니 공사 중이라네요.

엄마, 밥 좀 천천히 드세요

그렇게 고속도로에서 결정한 장소가 바로 궁남지였어요. 누군가 인터넷 블로그에 연꽃이 핀 사진을 올렸다고 했거든요. 7월쯤에나 필 연꽃이 4월에도 피었다고 하니 신기했어요. 올해 봄 날씨가 유난히 따뜻해서 그런가 봐요.

연못 가운데 세워진 정자로 이어지는 나무다리 위에서는 관광객들이 추억을 저장하느라 바쁘네요. 연못 주변의 작고 얕은 논에는 연꽃이 자란 흔적이 보였어요. 아직 연꽃 줄기가 올라오지 않았나 보다 생각했어요. 인터넷에 올린 사진은 작년에 찍은 것을 업로드했나 보다, 우리가 속았다고 여기며 천천히 연못 둑길을 산책했어요. 나중에 알고 보니 연못을 관리하는 곳에서 지저분해진 연꽃 줄기와 잎들을 깨끗하게 정리해 놓은 상태였던 거예요. 한쪽에서는 연잎으로 가득한 연못이 보였어요. 이따금 꽃망울을 터뜨린 연꽃이 있었어요. 논바닥 흙탕물만 보고 가겠구나 싶어 실망했다가 만난 연꽃이라 그런지 엄청 반가웠어요. 노란색 꽃을 피우는 것은 황수련이고, 빨간색 꽃은 적수련이라는 팻말이 있네요. 날씨가 참 좋은 날이었어요. 연꽃 줄기와 잎들을 모두 정리한 논에 흙탕물이 고여있었지만, 하늘에 떠있는 뭉게구름이 거울에 비친 것처럼 빛나고 있었어요. 둑길 위에 늘어진 버드나무의 연두색 잎들도 춤을 추고 있었고요. 버드나무 꽃씨가 바람에 날려 마치 눈이 내리는 기분이 들기도 했어요.

딸애들은 5월 초에 만난 연꽃을 휴대전화 카메라에 담기 시작했어요. 서로 멋진 포즈를 취하면서 사진을 찍어달라며 아우성을 치네요. 혼자서 셀피를 찍기도 하고요. 저도 토끼풀꽃과 연꽃을 한 화면에 담아보았어요. 미리 사진 구도를 정해놓은 뒤에, 딸들에게 포즈를 취할 장소를 알려주며 모델이 되어달라고 부탁도 했어요. 궁남지 연못을 한 바퀴 돌면서 산책하는 데 한 시간 반이 걸렸어요. 사진을 찍으며 경치를 감상하다 보니 시간이 어떻게 흘러갔는지 몰랐어요. 연못 속에서 거북이와 올챙이를 구경하며 신기하다고 감탄하는 아이들을 보니 새삼스럽더라고요. 뒷다리가 나온 올챙이를 보며 징그럽다고 외치는 딸애들은 역시나 도시에서 자란 티를 냈어요.

향토음식점에서 늦은 점심 식사를 마치고 나서는 애들

엄마가 운전대를 잡았어요. 서울로 올라오는 도로에는 일요일 오후라서 교통 체증이 심했어요. 내비게이션이 공주와 천안을 지나는 길을 지방 도로로 안내하네요. 아마도 고속도로에 차가 많았나 봐요. 평택을 경유하는 길에 잠깐 휴식을 취하면서 화장실도 들르려고 했는데요. 지방 도로와 국도에는 휴게소가 보이지 않았어요. 할 수 없이 내비게이션으로 부근의 카페를 검색해서 찾아갔어요.

엄마, 2박 3일 가족 여행을 무사히 잘 다녀왔어요. 날씨도 화창했고요. 첫날은 흐렸지만, 바다를 구경하기에는 오히려 더 좋은 조건이었어요. 식구들 모두 환하게 웃으면서 멋진 풍경을 감상하고 사진 찍으며 산책했어요. 운전도 나 혼자서 하지 않고, 큰딸과 어미까지 셋이 교대로 했더니 피로감도 적었어요. 맛있는 음식점을 찾아가서 비싼 메뉴를 골라서 배부르게 먹었어요. 행복한 여행이었지요. 가을엔 엄마와 함께 더 좋은 곳으로 떠나요. (2021년 5월 3일)

윤슬을 본 적 있나요

여행은 꼭 후유증을 남기는가 봐요. 어제 아침도 일어나기가 싫더니 오늘은 몸이 더 무겁게 느껴지네요. 어제 야근까지 했기 때문이겠지요.

끓인 보리차 물을 한 잔 마시고 샤워를 했어요. 간단히 아침 끼니를 해결하고는 라디오를 켰어요. 라디오는 클래식 음악만 흘러나오는 채널에 고정되어 있어요. 아침 시간에 클래식 음악을 들으면, 무거웠던 마음도 가벼워지는 것 같아요. 거실 창문으로 보이는 사람들이 우산을 쓰고 있네요. 비가 오락가락하는 날씨 때문에 내 몸과 마음이 가라앉아 있었나 봐요.

노트북을 열고 엄마를 생각하며 이 글을 쓰고 있어요. 지난 주말의 여행을 다시 떠올려 보았어요. 마지막 날 모항해수욕장 주변을 산책했거든요. 파란 하늘과 바다가 아름답게 빛나는 아침이었어요. 바다 물결이 햇빛을 받아서 반짝이고 있었어요. 바로 저것을 '윤슬'이라고 하는구나. 저는 딸들에게 아는 척을 했어요. 파란 바다 물결 위에 하얗게 반짝이는 장관을 바라보면서 참 예쁘다고 감탄했어요. 문예창작과를 졸업한 둘째 딸이 한마디 더 거들더라고요.

"맞아. 윤슬이라는 순수한 우리말이 너무 예뻐. 근데 2년 전쯤인가. 방학 때 어느 카페에서 시인에게 시 쓰는 강의를 듣고 합평을 했던 적이 있거든. 습작 시를 쓰면서 중간에 '윤슬을 보았다'라고 썼어. 시인이 내 시를 읽더니 '왜 뜬금없이 사람 이름이 튀어나오냐'고 말했어. 갑자기 모두 분위기 싸해졌잖아. 강의 듣는 사람 모두가 윤슬이라는 낱말의 의미를 아는데, 시인만 모르고 있었던 거야. 정말 황당했어."

둘째는 아마도 여린 마음에 상처를 입었을 것 같아요. 그러니까 제가 바닷가에서 윤슬의 아름다움을 바라보며 아는 척하는 순간에도 그 장면을 떠올렸던 거지요. 그 시인의 이력을 알지 못하지만 추측해 보면 아마도 그는 도시에서 자라고 학교와 책으로만 시를 공부했던 것은 아닐까요. 산골이나 바닷가에서 어린 시절을 보냈다면 언어적 감수성이 달랐을 테지요. 바다 표면의 물결이 마치 유리 조각처럼 햇빛을 반사하는 장면을 그가 보았다면, 자연히 윤슬을 알았겠죠. 윤슬은 시인의 감성만 자극하는 것이 아니거든요. 윤슬을 바라보면 우리는 누구나 가슴이 떨리는 설렘을 느낄 거예요. 짧은 순간의 기억이, 제 머릿속에 오래 남아있는 이유가 무엇일까요. 엄마에게 매일 편지를 쓰면서 글쓰기를 하니까 저도 언어적 감수성이 풍부해졌나 봐요.

엄마에게 윤슬을 보여드리고 싶었어요. 온종일 밭에서 땅바닥만 쳐다보는 삶에서 벗어나 가끔은 엄마도 하늘을 바라보세요. 우리 바다가 보이는 곳으로 여행도 가요. 낮에는 윤슬을 보고 밤에는 별을 구경해요. 5월 초에 강원도 설악산에는 눈이 내렸다고 하네요. 낮과 밤의 기온 차가 심해요. 감기 조심하시고요. 건강하셔서 가을엔 아들과 함께 남해안으로 여행을 떠나기로 해요. (2021년 5월 4일)

호기심 많은 아들과 알뜰한 며느리

그저께부터 아들은 새 휴대전화를 갖고 노는 재미에 푹 빠져있어요. 사흘 동안 다른 생각을 하지 못했네요. 맞아요. 아들은 무언가 하나에 집중하면 어느 정도의 성과가 나기 전까지는 쉽게 빠져나오지 못해요. 욕심도 많고요. 2년 주기로 휴대전화를 교체하면서 늘 최신 기종을 선택했어요. 새 제품에 추가된 신기술이 어떻게 작동하는지 궁금해서 견딜 수가 없어요. 50대 후반의 나이에도 호기심이 많아요. 아직 철이 없어서 그런가요. 회사에서 새 휴대전화에 고개를 들이밀고 눈이 빨개지도록 몰입하는 모습을 지켜보던 선배가 나한테 한마디 하더라고요.

"나잇값도 못 하고, 젊은 사람 흉내 내려 애쓰지 마. 낼 모 래면 환갑 잔치할 사람이 비싼 아이폰 들고 다니면 흉봐요, 흉봐."

저는 아직 호기심과 모험심이 왕성한 편이에요. 신체적 으로는 노화를 거스를 수가 없어서 흰 머리카락이 많아지 고 시력도 저하되고 있지만요. 마음만큼은 청춘으로 살고 싶거든요. 어디선가 책에서 읽은 것 같은데요. 젊게 사는 비 결 중에서 하나는 항상 호기심을 잃지 않는 것이었어요. 새 로운 것을 탐구하는 자세를 유지하라는 말이지요. 그런 측 면에서 엄마의 아들은 누구에게도 뒤처지지 않아요. 10년만 더 젊었다면, 새 휴대전화를 저에게 맞추는 데 걸리는 시간 이 두세 시간이면 충분했을 테지요. 그래도 재미있어요. 새 로운 기능을 하나씩 확인할 때마다 느끼는 희열이 있어요. 비싼 값을 주고 구입한 보람도 느끼고요. 아마도 한두 달 정 도는 새 제품을 탐구하는 행복감에 젖어서 생활할 수 있을 것 같아요.

아들과는 달리 엄마의 맏며느리는 새 휴대전화를 사려고

엄마, 밥 좀 천천히 드세요

애쓰지 않아요. 늘 남편이 쓰고 난 낡은 기기를 재활용해요. 예전에는 휴대전화 기기를 변경하려면 통신사 대리점을 찾아가야 했지만, 요즘엔 유심칩이라는 부품만 교환하면 얼마든지 기기 변경이 가능하거든요. 이번에도 어미는 내가 쓰고 난 스마트폰으로 바꾸겠다고 했어요. 그래서 아들은 또 집에서 두 기기의 데이터를 이동시키는 작업을 했지요. 마침 두 스마트폰이 모두 안드로이드 폰이라서 데이터를 이동하는 작업은 어렵지 않았어요. 직접 케이블을 연결했으면 더 빨리했을 수도 있었겠지만, 무선으로 연결해서 작업하니 두 시간 정도 소요되었어요. 그 모습을 지켜보는 어미와 둘째 딸은 불안했나 봐요. 혹시나 기존에 쓰던 스마트폰의 데이터가 사라져버리면 어떻게 하느냐고 인상을 썼어요. 통신사 대리점에 가서 부탁하면 쉽게 해결할 수 있는 것을 왜 집에서 하는지 이해할 수 없대요.

아들은 이것도 하나의 모험이라고 생각해요. 선으로 연결되지 않은 두 기계를 소프트웨어를 이용해서 데이터를 완벽하게 복사하고 나면, 뭔지 모를 짜릿한 감정에 휩싸이거든요. 신기하기도 하고요. 가족들 간에 서로 주고받았던 사진과 문자 대화들이 두 스마트폰에 똑같이 저장되는 현상을 지켜보면 성취감도 느껴요. 공과대학을 졸업한 엔지니어의 고집이 아직 남아있나 봐요. 문학을 공부하고 싶어서 소설과 시를 많이 읽으면서도 이과 공부를 했던 이력을 완전히 버리진 못하고 있어요. 나쁘지 않은 습관이라고 생각해요. 이과생 고집이나 공대생 기질을 잘 살려서 생활에 활용하고 있어요.

어쨌든지 제가 사용했던 스마트폰을 아내가 새로 쓸 수 있도록 모든 데이터를 정리하는 작업을 무사히 완료했어요. 어미가 사용하던 스마트폰은 구매한 지 6년이 지났어요. 참말로 알뜰한 사람이에요. 엄마도 며느리가 사치하지 않는 여자라고 인정했잖아요. 입고 다니는 옷도 수수하다고요. 백화점에서 비싸고 화려한 옷을 사는 법이 거의 없어요. 딸 셋을 대학에 보내면서는 애들에게 용돈이라도 주겠다면서 도시가스 검침원 일도 했던 사람이에요. 체력이 약해서 매일 끙끙 앓는 소리를 내던 사람이었는데, 참 대단하지요.

곰곰이 생각해 보니, 아들이 엄마와 함께 살았던 세월보다 이 사람과 한 이불을 덮고 잔 세월이 더 길어요. 알뜰한 아내와 함께 산 덕분에 아들은 호기심을 충족시키려는 모험을 즐길 수 있었지요. 고맙지요. 엄마도 건강하게 일을 하고 계셔서 감사하고요. 아내도 한 푼이라도 살뜰하게 절약하는 여자라서 고맙고 감사해요. (2021년 5월 13일)

누가 누가 닮았나

주말을 집에서 보낸 막내딸이 밤늦은 시간에 자취방으로 갔어요. 딸내미는 우리 집을 '발산동 본가'라고 불러요. 자취하는 집과 구분하기 위해서 그렇게 부른다고 하네요. 어미는 유난히 막내딸을 좋아해요. 휴대전화로 통화를 할 때도 막내에게 말하는 톤은 확실히 달라요. 애교가 넘치는 톤으로 목소리에 잔정이 묻어나요. 집에서 함께 있을 때도 막내딸에게는 "울 아기 잘 잤어용?", "어구 어구 피곤하지 않아요?"라며 옆에서 바라보기가 민망할 정도로 애정을 표현하고 있어요. 틈만 나면 딸내미를 끌어안고 볼에다가 뽀뽀를 해요. 이런 행동만 보면 마치 유치원생 같지만, 막내는 벌써 스물두 살이 되었거든요. 어미가 왜 그렇게도 막내를 예뻐하고 사랑하는지 알 수 없어요. 아마도 자신의 분신이라고 느끼고 있는지도 몰라요. 내가 곁에서 지켜보면 어미와 막내는 닮은 점이 많아요.

우선 막내는 얼굴 생김새가 어미하고 비슷해요. 특히 동그랗고 넓은 이마가 빼닮았어요. 또 검소하게 생활하는 습관도 똑같아요. 지난주에 내가 쓰던 휴대전화를 어미가 다시 사용할 수 있도록 했다고 말씀드렸잖아요. 글쎄, 어제 자취방으로 가는 녀석이 거실에 잔뜩 이삿짐을 쌓아놓은 것처럼 종이 쇼핑백을 늘어놓았어요. 이게 다 뭐냐고 물었더니. 노트북에 연결해서 사용할 키보드하고 모니터래요. 큰언니가 쓰다가 거실 구석으로 밀쳐놓았던 것들을 재활용하겠다고 하네요.

반면에, 가만히 보면 큰딸은 저를 많이 닮았어요. 고등학교에서 이과를 선택해서 대학도 로봇공학과를 졸업한 큰딸은 호기심이 왕성해요. 뭔가 새로운 것을 찾아 헤매는 인간이에요. 실험 정신이 강하다고 말할 수도 있겠지요. 하지만 늘 새것을 구매하여 비슷한 용도의 제품이 집에 널려있어요. 기능에 문제가 없어도 새로운 기능이 추가된 기기를 만나면서 밀쳐놓은 물건이 점점 쌓이게 되는 셈이지요. 막내는 기능에 문제가 없으면 새것을 사는 것보다는 우선 중고라도 써보려고 노력해요. 어미의 알뜰한 기질과 정확하게 일치하지요.

2년 주기로 스마트폰을 새것으로 바꾸는 아빠 덕분에 막내딸은 수년간 휴대전화를 중고로 사용하고 있어요. 맞아요. 제가 쓴 스마트폰을 막내가 재사용하는 건데요. 지금 딸애가 사용하고 있는 기종 역시 4년 전에 내가 처음 손에 넣었던 물건이거든요. 그런 막내딸에게 저는 또 새 휴대전화를 자랑했어요. 철없는 아빠의 행동이었던 것 같아요. 분명히 그 애도 새것이 좋다는 것을 잘 알고 있고, 또 신제품을 구입해서 누군가에게는 자랑도 하고 싶었을 거예요. 그렇지만 단 한 번도 불평하지 않았어요. 아직은 쓸 만해서 문제없다고 웃어요. 아빠보다 더 대견한 딸이에요. 스마트폰 저장 공간이 부족해서 불편하면, 언제든지 아빠에게 말하라고 했는데요. 녀석은 부족한 저장 공간 때문에 수시로 동영상 파일과 사진 파일을 다른 곳으로 이동시키는 작업을 하고 있

엄마, 밥 좀 천천히 드세요

었어요. 용량이 큰 신제품으로 업그레이드를 요청하라는 내 말을 무시하고 있는 셈이지요. 야무진 얼굴 생김새와는 다르게 미련할 만큼 중고 제품을 재사용하고 있어요. 어쩌면 아빠에게 미안한 감정의 색깔이 더 짙어지도록 애쓰고 있는 것은 아닌지 의심이 들기도 한다니까요.

초저녁에 엄마에게 전화를 드렸었지요. 엄마는 역시나 고구마밭에 신경을 쓰고 있었어요. 고구마 모종이 많이 죽었다고요. 엄마에게는 밭에 심어놓은 고구마가 자식들처럼 느껴지는 것이겠지요. 손녀들의 알뜰함은 할머니에게서 물려받은 것 같기도 하네요. 어떤 물건이든지 고장이 나서 쓰지 못하기 전까지는 절대로 버리지 않는 분이 엄마잖아요. 엄마의 아들이 돌연변이 성질을 타고났을까요. 어쨌든지 우리 집에는 새것을 좋아하는 이과 출신 둘(저와 큰딸)과 중고 제품도 알뜰하게 사용하는 사람 둘(어미와 막내)이 조화를 잘 이루고 있는 것 같아요. 둘째 딸내미는 글쓰기를 좋아하는 것을 보면 내 감수성을 닮은 것 같은데, 몸매나 생활 습성은 어미를 닮은 듯해요. 우린 누가 봐도 한 가족이란 걸 알 수 있을 만큼 닮아있어요. 우리 집안에 웃음소리가 가득

했으면 좋겠다고 생각했어요. 같이 텔레비전을 보면서 큰 소리로 웃는 아이들 모습에서 행복감을 느껴요.

딸내미 셋이 모두 각자의 하고 싶은 일을 하고 있어요. 기특해요. 한편으론 고맙고요. 그래서 애들 생일 때마다 아빠 노릇을 하려고 축하 선물을 겸해서 편지를 썼어요. 건강하고 예쁘게 자라줘서 고맙다고요. 물론 사랑한다는 말도 했지요. 입으로 하지 못하는 사랑한다는 말을 글로는 얼마든지 쓸 수 있어서 다행이에요. 엄마에게도 사랑한다는 말은 하지 않았지만, 여기 편지에서는 "사랑해요"라고 말하고 있잖아요. (2021년 5월 17일)

종로 서촌 골목 책방 나들이

　엄마, 모처럼 날씨가 좋은 토요일이었네요. 아들은 종로구 서촌 골목 나들이를 했답니다. 서울로 이사 온 지가 어느새 19년째가 되었어요. 지금껏 범생이 회사원으로 살아왔어요. 서울 궁궐 뒷골목 나들이가 처음이었으니까요. 어미와 둘째랑 셋이 나들이했는데요. 딸내미는 서촌 골목의 유명한 카페를 친구들과 함께 여러 번 왔었다고 하네요. 스마트폰으로 지도 앱을 켜고 찾아갈 계획이 바뀌었어요. 그럴 필요 없이, 둘째가 골목길을 안내해 줬거든요.

　점심은 메밀칼국수를 먹었어요. 따뜻한 국물이 담백해서 좋았어요. 어미는 비빔 메밀국수를 주문했어요. 비빔 양념도 매운맛이 강하지 않더라고요. 셋이서 메밀부침까지 먹고 나니 포만감이 느껴졌어요. 오후 2시가 되니까, 식당 주인은 점심 식사가 주문이 마감되었다면서 손님을 받지 않았어요. 좁은 공간이지만 깔끔했어요. 든든하게 배를 채우고 다음 목적지로 향했어요.

왜 갑자기 서촌 골목 나들이를 계획했을까요. 이틀 전에 윤영미 아나운서가 쓴 에세이 『여, 행하라』(키이주, 2019) 라는 책을 보았거든요. 국내의 숨겨진 여행 명소를 소개한 책이에요. 여행이라는 것이 꼭 먼 곳으로 떠나야만 하는 것은 아니지요. 서울 시내에도 색다른 분위기를 만끽할 수 있는 숙소가 있다면서 소개한 곳이 바로 서촌 골목에 있는 한 복합 문화 공간이었어요. 지하는 전시, 1층은 카페, 2층은 서점, 3층과 4층은 게스트 하우스였어요. 점심을 먹은 식당 바로 옆 건물이더라고요.

인터넷으로 검색해 보니 이곳의 게스트 하우스는 창을 통해서 바라보는 풍경이 매력적이라고 했어요. 청와대와 경복궁, 북악산 풍경을 감상할 수 있다고 하네요. 어미에게 하롯밤 묵어보자고 했더니, 서울에 살면서 비싼 돈 쓸 이유가 없다고 거절하더라고요. 역시나 둘째 딸내미도 집에서 버스 한 번 타면 올 수 있는 곳이라면서 우리에겐 사치라고 했어요. 사치스럽지 않은 삶에 익숙한 여자들 덕분에 숙박 예약을 포기했어요. 대신 2층의 작은 책방을 구경하며, 책 세 권을 샀어요. 진열된 수량은 많지 않았어요. 책을 효율적으로 많이 진열해 놓아야 한다는 기존의 서점에 대한 통념을 깬 공간이었어요. 건물의 동쪽으로 난 커다란 통유리 창을 통해서는 경복궁 영추문이 보였는데, 햇살을 가득 담은 기와가 멋졌어요.

아들이 꿈꾸고 있는 작은 동네 책방의 모습과 흡사했어요. 제가 작은 책방을 탐방하는 이유가 따로 있다는 생각이 들지 않으세요? 엄마도 눈치를 채셨을 거예요. 바로 아들의 미래와 관련이 있어요. 은퇴 이후를 고민하는 아들은 시간을 소비할 공간을 만들고 싶어요. 책을 판매해서 돈을 번다는 생각보다는 우리 집에 쌓아놓은 책들을 한곳에 전시하고, 다른 한쪽에는 새 책을 판매할 공간을 꾸미고 싶어요. 책을 좋아하는 사람들이 찾아와서 책을 사면 좋겠지만, 손님이 없어도 아들의 책 읽는 공간으로 활용하면 된다고 생각해요. 아들의 노후 생활로 시간을 소비할 공간인 셈이지요.

산골짜기 마을에 무슨 책방이냐고요? 상식을 벗어난 책방은 어디든지 있어요. 우리가 모르고 있을 뿐이지요. 아들은 아직도 고향에서 농사를 짓고 살 엄두가 나지 않아요. 엄마는 이웃집으로 마실을 다니면서 텃밭을 일구며 살 집이 필요하시겠지만, 아들에게는 책 읽을 공간이 필요하거든요. 어쩌면 엄마에게도 책방이라는 공간이 생기면, 밭으로 나가서 노동하는 시간을 줄일 수 있는 계기가 될 수도 있지 않을까요. 아들의 생각이 너무 이기적인가요. 고향집을 새로 짓게 된다면 어떤 용도로 공간을 구성할지 고민하고 있어요. 예쁘게 꾸며놓은 작은 동네 책방을 찾아다니는 재미가 쏠쏠해요. 서울 시내에도 있지만 시골 구석에도 있어요. 남들이 만들어 놓은 작은 책방을 구경하면서 저의 미래 공간을 꿈꾸고 있어요. 잘 준비할게요.

서울에서 가장 오래됐다는 중고 서점도 찾아갔어요. 바로 근처에 있더라고요. 이름이 적힌 간판도 낡아서 처음엔

'대오서점'이라는 글씨를 잘 알아볼 수 없었어요. 지금은 서점이 아니라 작은 카페로 운영된대요. 워낙 작고 좁은 공간이라서 출입문을 열고 입장하면 무조건 차를 주문하거나 작은 기념품이라도 구입해야 해요. 내부를 구경하고 싶은 욕심에 나 혼자만 입장하고 어미와 둘째는 주변을 더 산책하기로 했어요. 안에는 정말 오래된 책들이 전시되어 있더라고요. 서점 주인의 옛날 학교 통지표와 교복도 전시해 놓았어요. 마치 1960년대나 1970년대를 재현해 놓은 듯했어요.

서두르지 않고 천천히 살펴보고 기다릴게요. 아직 시간은 많이 있으니까요. 엄마도 응원해 주세요. (2021년 5월 22일)

개에게 물리고도 큰소리하지 못한 이유

어제 오후, 우장산을 산책했어요. 등산을 했냐고요? 아니요. 아파트 뒷산이에요. 엄마도 언젠가 추석날 아들과 함께 올라가 본 곳이에요. 주말을 아파트 거실에서 텔레비전만 쳐다보는 것보다는 뒷산 숲속 길이라도 산책하면 기분이 훨씬 좋더라고요. 우장산 사방으로 대규모 아파트 단지가 있어요. 산책을 나온 주민들이 많았어요. 정상의 높이가 해발 98미터라고 해요. 가볍게 산책하기 적당한 공원이지요. 검덕산과 원당산이라고 부르는 작은 봉우리 두 개가 있는데요. 구청에서 체육 시설을 설치해 놓았어요. 두 봉우리를 오르내리면서 산기슭으로 한 바퀴 돌면 한 시간 가량 걸려요. 겨드랑이에 땀이 나서 옷을 살짝 적실 정도지요. 어제도 기분 좋게 신선한 공기를 마시면서 산책을 했어요. 한 반려견을 만나기 전까지는 즐거웠어요.

공원에 나가면 사람들도 많지만, 강아지들도 엄청 많아요. 예전엔 애완견이라고 불렀지만, 요즘엔 반려견이라고 더 많이 부르고 있어요. 좁은 산책길에서 반려견과 함께 나온 아주머니와 마주쳤는데요. 처음에는 그냥 서로 지나칠 줄 알았어요. 그런데 개가 갑자기 내 왼쪽 종아리를 물었어요. 하얀 털이 예쁜 비숑이었어요. 황당하더라고요. 순간적으로 일어난 일이라서 방어하거나 피할 틈도 없었어요. 당연히 그냥 서로의 길을 지나쳐 갈 거라고 믿었는데, 워낙 좁은 산길이다 보니 내 발이 그 녀석의 앞길을 막은 것처럼 보였나 봐요. 주인 아주머니도 자기가 키우는 개가 사람을 물었다는 사실을 몰랐는지 아무 말도 없더라고요. 내가 물린 부위의 옷을 올려서 개 이빨 자국을 보여주자 그제야 미안하다는 말을 했어요. 목줄을 하고 있었지만, 주인이 적극적으로 목줄을 당기지 않아서 생긴 사고였어요.

반려견을 키우는 사람들은 말 그대로 함께 사는 생명으

로 여긴다고 해요. 강아지를 자식처럼 보살피며 애정을 나눠준다고요. 그들에게는 반려견이 곧 자식인 셈이에요. 설마 자기 자식이 남의 다리를 무는 사나운 짐승이라고는 생각하지 못했던 거예요. 너무나 황당한 경우라서 나도 어떻게 대처해야 할지 모르겠더라고요. 그냥 화를 좀 냈어요. 개가 사람을 물 정도로 사납게 키우면 어떻게 하느냐, 개가 사나운 편이면 입마개를 씌우고 산책을 나와야 하지 않겠냐는 말만 되풀이했네요. 개의 주인은 연신 미안하다는 말을 했고요. 기분 좋은 산책길이 그 사나운 비숑 때문에 엉망이 되어버렸어요.

저녁 식사를 마치고 소파에서 쉬고 있는데, 어느 순간 비숑에게 물린 부위가 따끔거렸어요. 소독하고 연고라도 발라야 할 것 같았지요. 갑자기 소독약과 연고를 찾으니까, 딸내미가 무슨 일이냐고 묻네요. 산책하면서 겪은 이야기를 했더니 딸내미가 놀란 표정으로 말하더라고요.

"빨리 소독하고 약 발라. 주인 전화번호는 받았어?"

그래요. 미처 생각하지도 못했던 것이에요. 함께 산책했던 어미도 전혀 생각하지 못한 것을 딸내미가 얘기하네요. 아차! 내가 너무 방심했나 봐요. 혹여나 물린 부위의 상처가 덧나거나 나쁜 균이나 바이러스에 감염된다면, 개 주인에게 보상을 받아야 할 텐데 말이죠. 그런데 이미 늦어버렸어요. 설마 그렇게 악화될 일은 없겠지요.

어릴 적에 농촌에서 자란 탓에 저는 작은 상처에는 둔감한 편이에요. 회사에서 작업을 하다가 가끔씩 어딘가에 부딪쳐서 피부가 벗겨지는 경우가 있는데요. 밴드를 붙이고 사나흘 지나면 낫는다고 생각했어요. 어제도 그렇게 여겼던 거죠. 산에 돌아다니다 보면 벌레에 물리기도 하고 나뭇가지에 긁히기도 하니까요. 그런 상처는 또 금방 나을 거라고 믿었고요.

하지만 딸내미 생각은 달랐네요. 뉴스에서 본 황당한 사건이 생각났나 봐요. 개한테 물린 사람이 나쁜 균에 감염되어 병원에 입원했다고 해요. 밤늦은 시각에 소독을 하고 연고를 발랐어요. 작은 이빨 자국이 귀엽게 보이기도 했지만,

너무 안이하게 대처한 건 아닌지 모르겠어요. 그렇다고 해서 그 작은 강아지를 발로 차거나 해서 화풀이할 수도 없는 노릇이죠. 비탈길의 좁은 산책로에서 일어난 일이니까요.

생각해 보니 아들은 남들에게 화를 내는 일에 참 인색한 녀석인 것 같아요. 가끔씩 불같은 분노를 표출하기도 하지만, 극히 예외적인 상황이고요. 웬만하면 참고 넘어가는 성격이지요. 남에게 뭔가를 요구하는 일에 서툴러요. 손해 보면서 사는 일에는 익숙하고요. 어제와 같은 상황에서도 개 주인의 전화번호조차 묻지 못했던 것이지요. 고작 한다는 말이 입마개 잘 씌우고 다니라는 충고만 했을 뿐이에요. 개가 광견병 예방접종을 받지 않았다면 어떻게 해야 하나 걱정도 들었어요. 딸내미가 한숨을 푹푹 쉬더라고요. 천성이 그런 걸 어쩌겠어요. 아무 일 없을 거예요. 하룻밤이 지난 지금, 상처가 살짝 따끔거리기는 하지만요. 내일쯤이면 나아지겠지요. 아들은 아직 튼튼하고 건강하니까요. 걱정하지 마세요. (2021년 5월 24일)

엄마, 밥 좀 천천히 드세요

웃음꽃 피어나는 우리 집

막내딸이 어젯밤 늦게 집으로 돌아왔어요. 아르바이트를 마치고 퇴근한 시각이 밤 10시였대요. 이번 주 수요일 저녁에 오겠다고 하더니 계획이 변경되었나 봐요. 올해 초에 휴학하겠다고 선언한 딸내미는 자취방을 구해달라고 요구했어요. 휴학 기간 하고 싶은 공부와 아르바이트 일정까지 꼼꼼하게 계획을 세웠더라고요. 막내로 자라서 마냥 어리다고 생각했던 녀석의 요구 사항을 들어보니 기특했어요. 마땅히 거절할 명분을 찾기도 어려워서 허락했어요.

혼자 자취방에서 생활하면서 오전에는 영어 학원에서 토익 공부를 하고 오후엔 아르바이트를 했대요. 영어 공부를 하는 이유도 있어요. 내년에 복학을 하고, 3학년 2학기에는 교환학생으로 선발되어 해외 대학에서 공부하고 싶대요. 아르바이트를 하는 명분은 또 달라요. 해외여행을 하고 싶다는 거예요. 올해 12월에 유럽 여행을 한 달 동안 다녀오겠다고 하더라고요. 인터넷 검색을 통해서 유럽 여러 나라를 승합차로 여행하는 프로그램을 찾아냈어요. 문제는 아직 세계적으로 코로나19 전염병 상황이 안심할 정도로 누그러지지 않았다는 현실이지요. 딸내미는 친구와 둘이 꼭 가고 싶다고 고집을 피웠어요. 친구 중에서 한 명이 가족과 함께 해외여행을 다녀왔다고 하더라고요. 유럽을 경유했지만, 큰 문제는 없었다고 했나 봐요. 바로 결정하지 않고 여러 가지를 원점에서 다시 고민해 보자고 했어요. 그랬더니 하룻밤이 지나고 해외여행 계획을 내년 여름방학으로 연기하겠다고 하네요. 칭찬을 해줬어요. 무엇보다도 건강과 안전이 최우선인 셈이지요. 스스로 결정한 막내가 대견했어요.

6월에는 아르바이트를 포기했대요. 오직 영어 공부에만 전력을 다하겠다고 하네요. 토익 점수를 일정 수준으로 올리면, 토플 공부를 할 예정이래요. 내년 2학기에 계획 중인

교환학생 선발을 준비한대요. 대학 생활을 알차게 보내려는 딸내미를 보면서 안타까운 생각이 들었어요. 개인이 아무리 착실하게 준비한다고 하더라도 전염병이 창궐하는 상황이 호전되지 않으면, 모두 물거품이 되는 현실이 잔인한 것 같아요. 세상일이 내가 계획한 대로 움직여주지 않는다는 것을 대학 생활을 하면서 미리 경험하는 것도 나쁘지는 않지만요. 아빠로서 도와줄 수 있는 것도 한정되어 있으니 답답했어요. 곁에서 응원해 주는 것이 전부일 뿐이니까요.

밤늦게 집에 와서는 언니들에게 하는 첫마디가 뭔 줄 아세요? 아이스크림이 먹고 싶어서 빨리 왔다는 거예요. 매월 말일에는 아이스크림 가격을 할인하는 가게가 있어요. 어제가 5월의 마지막 날이었으니까요. 자정이 가까워지는 시각에 딸내미 셋이 모여 앉아서 아이스크림을 먹고 있더라고요. 집에 웃음소리가 넘쳐났어요. 엄마도 손녀들이 화기애애하게 떠드는 모습을 보셨으면 좋아했을 텐데요. 늘 이렇게 웃고 떠들며 생활하고 싶어요. (2021년 6월 1일)

사위는 어디 갔어

올해 아흔여덟이 되신 장모님을 뵙고 왔어요. 지난 어버이날이 마침 생신이었거든요. 코로나19 때문에 처가 식구들이 모두 모이는 행사는 취소했고요. 아들딸 식구 단위로 찾아 뵙기로 했어요. 한 달이 지나서야 인사를 드리러 갔네요.

어미가 일곱 남매 중에서 막내잖아요. 저는 5월이 지나기 전에 처가에 가자고 했어요. 그랬더니 어미는 또 며느리 입장을 얘기하더라고요. 장모님을 모시고 있는 셋째 며느리가 주말마다 손님을 치르려면 피곤할 것 같다고요. 그 마음도 이해가 되었어요. 예전 같으면 하루 행사로 마무리가 되었을 텐데요. 100세가 가까워지는 장모님께 인사를 하려는 자

엄마, 밥 좀 천천히 드세요

식들과 손자 손녀들이 한 달 내내 휴일마다 들이닥치면, 그 것도 쉽지 않을 듯했어요. 손님 뒤치다꺼리하는 일도 힘들 고 고달프다는 사실은 이미 명절 증후군으로 잘 알려져 있 으니까요. 장모님 입장에서는 자손들 얼굴 보는 즐거움이 있겠지만, 시어른을 모시는 며느리의 입장은 또 다른 상황 이겠죠. 어미는 지난 목요일에 먼저 친정집에 갔고요. 아들 은 토요일 오전에 홍성으로 향했어요.

금요일 저녁에 어미가 전화를 했더라고요. 장모님이 막 냇사위를 찾았대요. 친정엄마와 함께 잠을 잤는데요. 아침 에 일찍 눈을 뜬 노인네가 막내딸에게 묻더래요. 막냇사위 어디 갔느냐고요. 분명히 어제저녁에 사위가 왔었는데, 아 침부터 어디 나갔냐고 했다네요. 워낙 연세가 많으시니까 기억력도 쇠잔해졌지만, 치매 증상도 약간 있으세요. 막내 딸 부부가 항상 함께 다니던 모습이 생각났던 걸까요. 아니 면 지난밤에 꿈을 꾸신 걸까요.

밤에 막냇사위를 보았다고 우기시는 장모님 얼굴이 상상 되었어요. 유난히 정이 많은 분이지만, 막내딸 가족에게는

251

특별한 애정을 표하셨어요. 명절 때마다 사위와 딸에게 선물할 양말 한 켤레를 꼭 준비해 놓고 이제나저제나 하면서 기다리셨지요. 물론 외손녀들에게 줄 선물도 빼놓지 않았어요. 아침부터 사위를 찾았다는 말을 들으니 마음이 은근히 급해지고 애잔해졌어요. 휴가라도 내고 부부 동반으로 함께 처가로 갔으면 더 좋았을 것 같다는 생각도 들었어요.

토요일 오전의 서해안고속도로 교통 상황은 늘 그렇듯이 체증이 있었어요. 운전석에서 세 시간 동안 꼼짝도 못 하고 앉아있었네요. 장모님은 집 앞마당 잔디밭에 쪼그리고 앉아서 서쪽으로 길게 난 도로를 이따금 바라보았대요. 사위가 올 때가 되었을 텐데 언제쯤 올까 기다리며, 잡초를 제거하는 작업을 하고 있으셨어요. 그러다가 갑자기 내가 나타나서 인사를 하니까 놀라시더라고요.

"언제 왔어? 여기로 오는 차가 없었는데."

맞아요. 어르신은 막냇사위가 타고 온 자동차를 보지 못했던 거지요. 주름진 얼굴이 환하게 펴지면서 사위에게 반

엄마, 밥 좀 천천히 드세요

가움을 표현하더라고요. 해맑은 노인의 얼굴에 따뜻한 애정이 묻어났어요.

엄마,

우리 집에서는 내가 맏아들 노릇을 하느라 체면 차리는 행동을 하지만요. 처가에 가면 막냇사위로서 재롱을 피워야 하는 입장이 되네요. 상황에 따라 처신을 달리하는 것은 어쩌면 당연한 도리겠지요. 엄마에게는 늘 무뚝뚝한 아들로 살아왔던 지난날들이 후회스럽고 아쉬워요. 엄마도 알잖아요. 아들이 얼마나 무덤덤한 성격인지요. 그래도 처가에 가면 항상 웃는 얼굴로 맞이해 주는 장모님이 무척이나 고마웠어요. 장모님은 허리가 굽어서 90도로 꺾였어요. 깡마른 체구에 살이라고는 찾아볼 수 없어요. 바깥 기온이 30도 가까이 올라가는 날씨에도 겨울 내복을 입고 계세요. 추위를 많이 타시는 분이에요.

장모님과 오랜 시간을 함께 보내지는 못했어요. 점심 식사를 마치고 일어나서 떠난다는 인사를 드렸더니, 엄청 서운하셨나 봐요.

"지금 가면 또 언제 오누. 자주 놀러 와서 얼굴 봐야지."

이 말을 하며 손을 흔드는 노인의 눈이 그렁그렁해 보였어요. 조수석에 탄 어미도 눈이 작아진 느낌이었어요. 자가용 덕분에 친정엄마와 딸내미의 이별 의식이 짧아진 셈이지요. 100세까지 건강하게 장수하시길 바랄 뿐이에요. 당신의 몸을 잠시도 가만히 쉬게 하는 법이 없는 분인데요. 정신은 오락가락할 때가 있지만, 그래도 건강하신 편이에요.

엄마도 건강하시고 장모님도 건강하셔서 감사해요. 오늘처럼 늘 건강하시길 바라요. (2021년 6월 6일)

아버지께 올립니다

아버지, 편안히 잘 계시지요? 보고 싶었어요. 텔레비전 드라마에서 아버지와 아들이 다정하게 목욕탕에 가는 장면을 볼 때는 더 그리웠어요. 부자지간에 소주잔을 함께 나누는 모습을 보면서는 부러움에 시샘을 내기도 했어요.

어제는 고향 마을에 사시던 어른 한 분의 장례식장에 다녀왔어요. 그분의 영정 사진을 보니까 또 아버지 생각이 났어요. 군복을 입은 상주에게 얼큰하게 취한 얼굴로 다가와 아버지 이야기를 한참 동안 하시던 분이었어요. 우리 곁을 떠난 분이지만 아버지는 곧 만나실 수 있겠네요. 반갑게 맞아 주시며 막걸리 한잔 나누실 테지요. 어제 돌아가신 분도 아버지처럼 술을 참 좋아하셨지요. 고향에서 큰 소리로 유행가를 부르며 비틀비틀 집 앞 골목을 지나가던 그분의 모습도 생각나요.

그분은 그래도 여든여덟에 생을 마감하셨네요. 아버지보다 두 배 가까이 더 이 세상에서 사셨어요. 겨우 마흔아홉에 저승으로 가신 아버지가 아들인 저에게는 야속하기도 했어요. 집안에 큰일이 있을 때마다, 현실이 고달프다고 느낄 때마다 아들은 비빌 언덕이 없어 허전했어요. 고통의 크기와 비례해 아버지에 대한 그리움도 깊어졌나 봐요.

아들은 당신이 하늘에서 지켜주신 덕분에 잘 살고 있어요. 아버지가 제 곁을 지켜보고 있다는 것을 확인한 적이 있었지요. 한밤중에 술에 취한 아들이 대전에서 택시를 타고 옥천까지 갔었다가 밤새 산속을 헤맸었잖아요. 눈이 발목까지 쌓인 산속에서 길을 잃고 헤매던 아들을 아버지가 구해 줬어요. 2000년 여름이었던가요. 계룡산 송신소에 근무할 당시였어요. 일을 하다가 고압전기에 감전되는 사고를 당했는데요. 아버지는 아들이 넘어지지 않도록 붙잡아 주었어요. 서울에서 교통사고를 당했을 때도 차는 망가졌어도 아들과 며느리는 무사히 걸어 나왔어요. 모두 아버지가 하늘에서 기운을 불어넣어 준 덕분이겠지요.

아버지는 제 곁을 떠난 것이 아니었어요. 늘 제 주변에 머물러 있었는데 제가 몰랐을 뿐이지요. 아버지의 사랑에 굶주린 한 탓에, 눈에 보이지 않으니까 그리워하기만 했던 거예요. 감사합니다. 아버지의 큰 사랑을 미처 깨닫지 못했던 아들을 용서해 주세요. 죄송합니다. 이제야 아버지가 얼마나 저를 사랑했는지 알게 되었어요. 사랑합니다. 아버지.

아버지도 알다시피 엄마는 동네에서 가장 억척스러운 농부잖아요. 엄마가 팔순이 넘었어요. 그만 쉴 때가 되었는데요. 아직도 엄마는 밭에 나가 일을 하려고 해요. 그래서 내가 엄마 곁으로 가려고 해요. 아버지와 함께 살던 집을 허물고 다시 새집을 짓고 싶어요. 아들이 2년 후에는 정년퇴직이거든요. 은퇴 후에는 엄마랑 시골에서 살겠다고 다짐하는 글을 썼어요. 매일 각서를 쓰는 심정으로 썼어요. 스스로에게 하는 약속이었어요. 혼자서 독백처럼 중얼거리는 다짐이 아니길 바라는 마음이었어요. 엄마에게 매일 쓴 편지를 우편으로 직접 보내지는 않았지만, 책으로 만들어 선물하겠다고 인터넷 블로그에 공개했어요.

제가 고향으로 내려가서 살게 되면 아버지 산소에도 자주 찾아갈 수 있겠지요. 서울에서는 아버지가 보고 싶으면 하늘만 쳐다보았는데요. 아쉽게도 서울 하늘은 흐린 날이 너무 많아요. 구름 사이로 어쩌다가 작은 별이 보일 때면 아버지의 눈동자라고 생각했어요. 고향에선 별도 많이 보일 테고, 아버지가 누워있는 산에도 금방 갈 수 있어서 좋을 것 같아요. 2년 후가 기대되네요. 너무 염려하지 마세요. 엄마는 제가 잘 모실게요. 아버지는 하늘에서 엄마랑 내가 어떻게 사는지 지켜보기만 하세요. 엄마는 100살까지 아들과 함께 살아야 하니까요. 아시겠죠?

아버지, 사랑해요. 처음으로 아버지에게 사랑한다는 말을 했나 보네요. 쑥스러워요. (2021년 6월 17일)

추신

2023년 9월 15일.

제가 회사에 출근한 마지막 날이었습니다. 33년 9개월을 한 회사에서 일했습니다. 아쉬움과 후련함이 교차했지요. 퇴근 후 동료 후배들과 막걸리 한잔 나누면서 그간의 회포를 풀고, 집으로 돌아온 시각이 밤 10쯤 되었나 봅니다. 아내와 딸들이 조촐한 파티를 준비했더군요. 아빠가 좋아하는 떡으로 만든 케이크를 거실 테이블 위에 올려놓았습니다. 딸들은 케이크 위에 새겨진 글을 아빠가 직접 읽어보라고 했습니다.

감사패

아버지 황윤담

장남, 남편, 그리고 세 딸의 아빠로서
수십 년의 세월 동안 노력하신 덕분에
우리 가족들 모두
평안할 수 있었음에 감사드립니다.
아빠의 새로운 인생을 축하드리며
사랑과 존경을 담아 드립니다.
항상 건강하세요.

2023년 9월 15일
사랑하는 가족 일동

이미 술이 어느 정도 취한 상태에서 이 글을 읽으려니 감정이 북받치더군요. 결국은 딸들 앞에서 펑펑 울면서 감사패 문구를 낭독했습니다. 30년 넘게 묵은 체증이 씻겨 내려가는 순간이었습니다. 그렇게 월급쟁이 생활을 마무리했습니다.

많은 것이 변했습니다.

아침마다 휴대전화 알람 소리를 들으며 잠에서 깨어났던 날이 어느새 6개월 전 이야기가 되었습니다. 일상의 자유로움을 만끽하고 있습니다. 요일 감각을 잊었습니다. 월, 화, 수, 목, 금요일이 모두 아들에겐 공휴일이 되었습니다. 날마다 토요일이고 일요일입니다. 오늘 출근을 하지 않았는데, 내일도 출근을 하지 않는다는 사실에 깜짝깜짝 놀라곤 합니다. 밤늦게까지 하루 종일 바쁘게 보낸 날에도, 내일 아침 출근할 걱정을 하지 않아도 괜찮습니다. 여유로운 삶이 어떤 것인지 새삼 느끼고 있습니다. 엄마도 아들에게 좀 쉬라고 했습니다. 1년의 안식년 휴가가 꿀맛입니다. 노후의 인생 제3막을 천천히 준비하려고 합니다. 달콤한 휴가가 지겨워질 때가 언젠가 오겠지요. 조금은 다른 삶을 꿈꾸고 있습니다.

34년간 회사 생활을 하면서는 남의 눈치를 많이 보면서 살았습니다. 내 행동이 남들에게 어떻게 보일까 늘 신경을 썼답니다. 그렇게 사는 것이 사회생활을 잘하는 것이라 믿었었지요. 앞으로는 남의 눈치를 보지 않는 삶을 살고자 합니다. 나와 내 가족의 행복을 위해서 살려고 노력할 작정입니다. 지금보다 더 개인적으로 살려고 합니다. 아니 더 이기적으로 살까 합니다. 나를 너무 다그치지 않으려 합니다. 그래서 다짐했습니다.

'앞으로는 치밀하지 않은 생활을 하자. 부지런하게 살지 말자. 게으름을 피우며 살자. 새해 계획을 철두철미하게 세워서 실천하는 삶이 아니라, 좀 느슨한 삶을 추구하자. 작은 이익에 눈을 부릅뜨지는 말자. 조금은 손해보며 살자. 1년에 100권의 책을 읽겠다는 결심을 변함없이 하지만, 꼭 100% 실천하려고 아등바등 몸부림치지는 말자. 천천히 산책도 하고 낮잠도 자면서 삶을 즐기자. 가끔씩 친구들과 어울려 막걸리도 한잔씩 나누자.'

다행스러운 점은 그런 삶에서 지겹다는 느낌이 스며들지 않는다는 점입니다. 시간이 날 때마다 책을 읽다 보면, 다른 세상으로 쉽고 빠르게 여행할 수 있습니다. 느리게 사는 길이 곧 행복으로 가는 지름길이라는 생각이 듭니다.

엄마는 이사를 했습니다.

엄마, 밥 좀 천천히 드세요

조치원에서 옥천 고향집으로 주소를 옮겼습니다. 비록 팔순이 넘은 노인이지만, 인구가 감소하는 옥천군에서는 전입신고를 한 엄마에게 많은 혜택을 주었습니다. 엄마는 면사무소 소재지에 위치한 초등학교 병설유치원으로 한 달에 열흘씩 출근을 했습니다. 정부에서 지원하는 시니어 일자리에 지원해서 소일거리로 운동 삼아서 나간다고 했습니다. 한 달에 27만 원 버는 재미가 쏠쏠하다고 웃었습니다. 엄마는 도시에서 생활하는 것보다 농촌에서 생활하는 것이 더 편하다고 항상 말씀하셨습니다. 다행스럽게도 요즘은 지방자치단체가 노인들에게 지원하는 혜택들이 대도시보다 더 다양한 듯합니다.

고향 마을에는 엄마와 비슷한 연배의 말동무 어르신들이 있었습니다. 18년 만에 다시 귀향한 엄마를 동네 아주머니들이 반갑게 맞이해 주었습니다. 작년 봄, 엄마와 함께 우리 가족은 가까운 밭에 고구마를 심었답니다. 가을에 수확한 고구마가 10킬로그램짜리로 열두 상자나 되었지요. 엄마는 마당에 텃밭을 일구었고, 아들은 울타리 주변에 영산홍 철쭉과 장미꽃 나무를 심었습니다. 울타리도 하얀색 철망으로 바꾸었습니다. 예전에는 벽돌 담장 위에 깨진 병 조각이 꽂아져 있었지요.

　우리 집은 동네 입구에 위치하고 있답니다. 집 앞마당 왼편에 흙벽돌집 창고가 있었는데요. 1970년대에 지은 양잠용 창고였어요. 슬레이트 지붕 한쪽이 내려앉아서 잡풀이 나고, 벽 귀퉁이도 무너지려고 했어요. 동네 이장님의 도움으로 면사무소의 지원을 받아 슬레이트 지붕을 철거했고, 창고 건물도 완전히 허물어 깨끗하게 정리했습니다. 동네 어르신들이 우리 집 앞을 지나면서 모두 한마디씩 했답니다.

　"아이고, 아줌니, 최고여유. 동네가 다 훤하니 좋아유."
　"그려, 나도 앞마당이 확 트여서 좋구먼."

　아들이 심어놓은 꽃나무들이 튼실하게 자랐습니다. 마을 입구 첫 집 하얀 울타리 안에, 봄에는 연분홍 철쭉꽃이 피고, 여름엔 빨간 장미가 피고, 가을엔 국화가 피었습니다. 아들이 꽃을 가꾸는 동안 엄마는 꽃밭 앞에 상추와 고추, 오이, 가지를 심었습니다. 작년에 우리 가족은 엄마가 수확한 채소 덕분에 마트에서 채소 코너를 그냥 지나쳤습니다. 가장 싱싱한 상추와 오이와 가지를 맛볼 수 있었지요. 엄마의 얼굴에도 어느 순간 웃음꽃이 피었습니다. 엄마 이마의 주름이 조금은 펴진 듯했습니다. 아들이 자주 집에 와서 주방 수도꼭지도 고치고 화장실 천장도 보수하니 편하다고 했습니다. 엄마의 목소리에서도 활기가 느껴졌습니다. 마을 경로당에 나가서도 어깨가 올라가는 모양입니다. 엄마의 몸과 마음이 전보다 더 건강해 보여서 참 좋습니다. 더 자주 엄마와 함께 밥을 먹는 시간을 갖고자 애를 쓰고는 있습니다.

아직 아들은 고향으로 이사할 마음을 완전히 정하지 못하고 있습니다. 지난겨울 일주일에 3일은 엄마와 함께 생활하고 4일은 아내와 딸들과 함께 생활했습니다. 5도 2촌이 아니라 4도 3촌인가요. 옥천 고향에 방 한 개를 아들이 거처할 공간으로 꾸미면서 난방 공사를 했습니다. 엄마는 가스비를 아낀다면서 보일러 난방 온도를 17도 이하로 맞추어 놓았습니다. 서울에서 아파트 생활에 익숙한 아들은 시골 방의 추위에 적응을 못하고 있습니다. 아들 방에는 전기 방열기를 설치했습니다. 그래서 아들 방은 따뜻하고 엄마 방은 서늘

합니다. 그래도 엄마는 춥지 않다고 합니다. 괜찮다고 합니다. 아들이 춥지는 않은지 오히려 걱정합니다. 완전히 농촌으로 내려가 정착하기에는 아직 아들의 몸과 마음이 준비되지 않았나 봅니다. 아내와 딸들은 서울 생활에 익숙해서 농촌으로 내려오는 것을 두려워하고 있습니다.

저와 비슷한 처지의 분들이 꽤나 있을 듯합니다. 은퇴를 앞두고 귀농 귀촌을 꿈꾸는 분들도 있고 다른 직업을 찾아서 도전하는 분들도 있겠지요. 요즘은 노령화가 심각한 사회문제로 떠오르고 있습니다. 연로하신 부모님이 계신 분들은 특히나 저와 같은 고민을 하고 있으리라 짐작이 됩니다. 제가 3년 전에 100일 동안 고민하면서 엄마에게 편지를 썼던 것처럼 이 글을 읽는 분들도 더 깊은 고뇌를 할 것이라 생각합니다. 동병상련의 마음으로 이 책을 냅니다.

특별하지도 않은 아들입니다. 평범하고 못난 아들의 부끄러운 일상을 고백하는 글입니다. 명예와 부를 일구어 내지도 못했고, 뛰어나게 남들보다 잘나지도 않습니다. 그저 조금 손해 보면서 착하게 살아왔습니다. 범생이로 놀림을 받아도 웃어넘겼습니다. 막걸리 한잔에 얼굴이 붉어지는 아들입니다. 돈을 버는 일보다 책을 읽으며 글을 쓰는 생활을 즐기고 싶은 한량이기도 합니다.

고향으로 내려가 작은 책방 하나를 창업하는 꿈도 꾸고 있습니다. 그 꿈을 실현하기 위해서 국내 여행을 할 때마다 여행지 숙소 근처의 동네 책방을 찾아다니고 있습니다. 일주일간 제주도를 여행하면서는 책방지기분들과 많은 대화를 나누었습니다. 새로운 꿈을 꾸고, 그 꿈을 실현하기 위해서 노력하는 시간도 의미 있는 일이라 생각합니다.

이 책을 읽는 분들에게 작은 희망과 꿈을 나누어 드리고 싶습니다. 저는 34년의 세월을 마무리하고 새로운 인생을 준비하고 있습니다. 여러분도 저와 함께 한 걸음씩 꿈을 향해 나아갔으면 좋겠습니다. 마지막으로 이 책이 세상에 나올 수 있도록 도와주신 컨셉진 김재진 대표님과 직원 여러분께 고마운 마음을 전합니다. 감사합니다.

2024년 봄

엄마, 밥 좀 천천히 드세요

쉼 없이 살아온 엄마에게 쉰여덟 아들이 드리는 편지

초판 1쇄 발행 2024년 8월 13일

지은이   황윤담
펴낸이   김경희
편 집   안대근
디자인   정나영

펴낸곳   컨셉진
출판등록   2024년 7월 22일 제 2024-000164호
주 소   서울시 마포구 성지길25, 보광빌딩 4층
홈페이지   www.missioncamp.kr
메일   contact@conceptzine.co.kr

저작권자   컨셉진
ISBN   979-11-988591-0-5 (03810)